KB198058

오글오글 씁니다

오
글
오 쓉
글 니
다

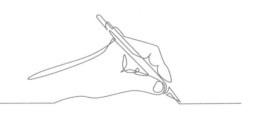

감지원 • 김민수 • 김미현 • 김진옥 • 늘품 • 손혜정
이정은 • 임진옥 • 어성진 • 윤슬 • 장소영

시간
여행

**오글오글은
오늘도 글 쓰고 오래오래 글을 쓰고 싶은
저자들의 마음입니다**

'오글오글'이라는 단어를 듣거나 봤을 때 무엇이 떠오르나요? 사전에 나온 뜻처럼 빽빽이 모여 있는 사람이나 동물의 모습인가요? 찌개가 곧 넘칠 듯이 끓고 있는 모습이나 소리인가요? 뜻만 생각하면 보기에 썩 좋지 않은 모습일 확률이 높아 보입니다.

이 책의 저자들에게 '오글오글'은 전혀 다른 의미입니다. 한 글자, 한 글자에 의미를 더해 짧은 글로 탄생한 오글오글이라는 단어의 뜻은 다음과 같습니다.

오늘도
글 쓰고
오래오래
글을 씁니다.

그렇습니다. '오글오글'은 글쓰기를 좋아하고 진심인 사람의 모습입니다. 벌레가 모여 있고 찌개가 끓는 모습이 아닌 오늘도 글을 쓰고, 오래오래 글을 쓰고 싶은 저자들의 마음입니다.

얼마 전 동해로 가족여행을 갔던 때가 떠오릅니다. 맑고 푸른 바다를 기대하며 바닷가에 도착했습니다. 그런데 구름으로 가득한 우중충한 날씨로 인해 바다의 모습은 탁하고 우울해 보였지요. 파라솔을 꽂고 바다에 들어갈 준비로 한창일 때, 구름이 걷히면서 해가 비추기 시작했습니다. 그 순간 바다는 아까와는 전혀 다른 모습이 되었습니다.

햇빛이 바닷속까지 비춰주면서 바닥에 깔린 모래는 보석처럼 반짝거렸습니다. 탁해 보였던 바닷물은 햇빛을 받아 투명하고 깨끗하게 보였지요. 햇빛은 바다가 가지고 있던 본래의 아름다움을 보여주었습니다.

그 모습을 보며 저는 글쓰기를 떠올렸습니다. 제게 글쓰기는 바다를 비추는 햇빛과도 같습니다. 햇빛이 어두웠던 바닷속을 보이게 하였듯, 글쓰기는 나조차도 몰랐던 내 마음속 깊은 곳을 투명하게 비추어줍니다. 그리고 내 안에 있는 반짝거리는 아름다움을 찾도록 도와주었습니다.

글쓰기는 내가 가지고 있던 아픔과 결핍을 마주 보게 하고, 과거의 나에게 위로를 건넵니다. 상처받았던 나를 치유하고 앞으로 나아갈 힘을 줍니다. 그리고 내 주변과 일상을 새로운 시선으로 바라보게 합니다. 무심코 지나쳤던 일상을 글로 붙잡아 두면서 저는 순간의 행복을 더 느꼈습니다. 힘들 때마다, 자신이 한없이 낮아질 때마다 글을 쓰면서 스스로를 토닥였습니다.

'별일 아니야. 지나갈 일이야.'

'괜찮아. 지금 마음을 떠올려 앞으로 잘하면 되는 거야.'

내 마음과 생각을 다듬으며, 내 삶을 돌아보며, 인생의 모든 순간에는 의미가 깃들어있음을 알았습니다. 슬펐던 순간, 기뻤던 순간, 감동했던 순간, 깨달음을 얻었던 순간. 한 사람의 글은 한 사람의 인생이 담겨 있습니다. 우리는 글을 통해 서로 이해하고 알아갑니다.

'오글오글'이라는 단어처럼 글쓰기는 의미와 생각을 더해 새로운 감동과 깨달음을 줍니다. 나만의 시선으로 의미를 더해가는 글쓰기라는 작업은 너무 멋진 일입니다. 오늘도 글 쓰고 오래오래 글 쓰고 싶어 하는 사람들이 모여 자신의 인생 서랍 속에 숨겨둔 이야기를 꺼냈습니다.

1장은 교사로서 학교에서 경험하고 느꼈던 바를 솔직하게 풀어놓았습니다. 2장에서는 저자들이 학교 밖, 일상을 살아가는 다양한 모습을 엿볼 수 있습니다. 3장은 책과 글쓰기에 대한 저자들의 경험을 담았습니다.

'작가'라는 말이 아직은 어색하고 민망합니다. 그러나 글쓰기를 진심으로 사랑하는 사람들이 모여 이 책을 썼습니다. 오늘은 독자지만 내일의 작가가 될 당신에게 '나도 한 번 글을 써 볼까?'라는 용기 한 줌이라도 줄 수 있으면 합니다. 감동과 재미까지 느낀다면 더 바랄 게 없겠지요. 이 책을 읽은 후, '오글오글'이라는 단어를 더 매력적으로 느끼길 바라며.

오늘도 글 쓰며, 오래오래 글쓰기, 함께 하실래요?

2024년 12월
저자 이정은

차례

프롤로그

오글오글은 오늘도 글 쓰고,
오래오래 글을 쓰고 싶은 저자들의 마음입니다 4

1장

마음을 나누는
학교에서

꿈꾸게 하는 사람 _늘품 12

나의 H 선생님 _김진옥 21

가난한 학생 _김민수 29

이상하고 아름다운 나의 교실 _감지원 36

요즘 초등 5학년의 점심시간 _김미현 43

교사와 학부모는 같은 편 _어성진 50

선을 넘는다는 것 _손혜정 57

아홉 살의 쉬는 시간 _윤슬 64

나의 그녀들 _장소영 69

삶의 태도를 배우는 시간 _이정은 74

오늘도 난 노래를 튼다 _임진옥 79

2장

은밀하고 사적인
퇴근 후에

우리 가족의 문화 _이정은 86

활기 넘치는 줌바 어때요 _윤슬 93

나는 매일 아침 일기를 쓴다 _김진옥 99

두 번째 엄마가 운다 _임진옥 106

든든한 나의 빽, 블로그 _장소영 111

숨참고 프리! 다이빙 _손혜정 117

따뜻한 말 한마디, 칭찬과 감사 _어성진 126

너의 이름은 _김민수 131

살아있다는 것 _감지원 139

댓글 인연 _늘품 146

마음 읽기 _김미현 158

3장

글과 마주하는
책상에서

에필로그

자유를 향한 비상 236

다독가는 다 멋져 _김진옥 166

인생 속에서 찾은 독서의 힘 _이정은 173

단단해지다 _김미현 180

투명 인간의 인생 구하기 _늘품 186

책이 있는데 뭐가 걱정이야 _임진옥 194

음악과 글 _감지원 199

독서가 피워낸 꿈의 씨앗 _윤슬 206

수용과 발산, 그 선순환 사이에서 _김민수 211

내가 하고 싶은 이야기 _장소영 219

글 쓰며 나를 마주하다 _어성진 224

글을 쓸, 용기 _손혜정 229

1장

마음을 나누는
학교에서

꿈꾸게 하는 사람 _늘품

나의 H 선생님 _김진옥

가난한 학생 _김민수

이상하고 아름다운 나의 교실 _감지원

요즘 초등 5학년의 점심시간 _김미현

교사와 학부모는 같은 편 _어성진

선을 넘는다는 것 _손혜정

아홉 살의 쉬는 시간 _윤슬

나의 그녀들 _장소영

삶의 태도를 배우는 시간 _이정은

오늘도 난 노래를 튼다 _임진옥

꿈꾸게 하는 사람

늘품

꿈꾸는 사람

"선생님, 제발 보여주시면 안 될까요?"

"안 돼요."

"제가 본 거, 티 안 낼게요."

"안 돼요. D 씨가 알면 싫어할 거예요."

"엄마는 보면 안 되고, 우리 선생님만 보셔야 한다고 냉큼 가지고 갔어요. 정말 궁금해요. 제발 보여주세요. 제가 절대 안 들킬게요."

6학년 아들의 담임 교사에게 어머님은 부탁하셨다. 제발 그것을 보여 달라고. 아들에게 사정했지만, 절대 안 된다며 거절을 당했단다. 도대체 아들이 방에서 혼자 긴 시간 동안 무엇을 썼는지 어머님은 궁금해하셨다. 아들에게서 좀처럼 볼 수 없는 모습이었기 때문이다. 보여주기 싫은 아들 마음도 알지만, 보고 싶은 엄마 마음은 더 이해가 됐다. 절대 아들에게 말하지 않기로 약속받고, 그것을 사진 찍어 보내드렸다.

어머님이 그토록 보고 싶어 했던 것은 바로 아들이 담임에게 쓴 편지였다.

아들 D 씨는(우리 학급은 높임말을 쓴다. 서로를 '○○ 씨'라 부른다.) 누구보다 열심히 학교생활을 하고, 자신감도 넘쳤다. 처음부터 적극적인 학생은 아니었다. 학기 초 표정은 어두웠고 상당히 소극적이었다. 한시도 가만히 두지 않는 피곤한 담임을 만나 한 학기 동안 다양한 활동을 하며 D 씨는 달라졌다. 그리고 여름 방학식에 담임에게 편지를 썼다.

아들의 편지를 보신 어머님의 소감이 도착했다.

"편지 멋지네요. 선생님, 정말 좋으시겠어요. 부러워요. 저도 이렇게 길고 감동적인 편지 못 받아봤는데….”

어머님이 담임을 부러워하실 만한 편지였다. 담임도 편지를 받고 너무 감격스러워서 읽고 또 읽었다. 어머님께 보내드리려고 다시 꺼내 읽어도 기분 좋은 편지였다.

20년 교사 생활, '선생님 같은 선생님이 되는 것이 꿈'이라는 학생을 해마다 만난다. 대부분 여학생이다. 나로 인해 선생님의 꿈을 갖게 되었다는 남학생은 처음이었다.

6학년 남학생에게 꿈을 이야기하라면 대부분 멍한 표정으로 막막해한다. 고심 끝에 생각해 낸 꿈은 운동선수, 프로게이머 아니면 돈 많은 백수다. 그런 6학년 남학생 사이에서 담임의 영향으로 꿈을 교사로 정하고, 미래에 교사가 되어 만나자는 D 씨의 편지는 특별했다.

우리 반의 행복을 책임지고 지켜주는 나의 모습이 천사 같단다. 나의 학급 운영 아이디어와 학우들의 생각을 예측하고 행동하는 모습을 존경한단다. 나로 인해 교사의 꿈을 꾼단다. 누군가의 인생 본보기가 되는 일은 얼마나 경이로운 일인가?

초등학교 졸업 앨범 속 D 씨는 안경을 쓰고 미니 칠판과 지시봉을 들고 있다. 장래 희망, '교사'의 모습을 표현한 것이다. 중학생이 된 그는 여전히 교사의 꿈을 꾸고 있을까? 10년 후 학교에서 D 씨를 동료 교사로 만나기를 간절히 기도한다.

꿈을 나누는 사람

나는 초등교사의 꿈을 이룬 행복한 사람이다. 교사의 꿈을 꾸게 된 것은 전적으로 나의 선생님들 덕분이었다. 초등학교 담임 선생님부터 대학교수님까지, 만났던 모든 선생님의 좋은 점을 기억하고 닮고 싶었다.

더러워진 손을 씻으라고 옷소매를 걷어주시던 초등학교 1학년 선생님의 따스함을. 노력파라고 칭찬해 주시던 초등학교 4학년 선생님의 인정을. 기악 합주부에서 1명뿐인 건반 연주자 자리를 맡겨주신 초등학교 5학년 선생님의 신뢰를. 아직도 소장하고 있는 《어린 왕자》 책을 선물해 주신 초등학교 6학년 선생님의 부드러움과 단호함의 균형을. 집에 학생들을 초대해서 맛난 것을 만들어 주시던 중학교 수학 선생님의 친근함을. 미술 대회에 학교 대표 작품을 내야 한다며, 그림 한 장 그려오라고 하시던 중학교 미술 선생님의 믿음을. 따로 불러 책을 많이 읽느냐고 물어보시던 중학교 국어 선생님의 학생 잠재력을 보시는 능력을. 전교에서 제일 무섭기로 소문났지만, 내 글씨를 보고 "네가 글씨 잘 쓴다는 그 아이구나."라고 칭찬하시던 고등학교 수학 선생님의 틈새 사랑을. 따스한 봄날 오후 눈이 스르르 감기는 학생들 앞에서 기타를 치며 노래를 불러주시던 고등학교 생물 선생님의 낭만 감성을. 창작 무용 수행 평가 때 안무가 창의적이고 표현력이 좋다며 무용 전공해도 되겠다던 고등학교 무용 선생님의 '심쿵' 칭찬을.

학창 시절 만났던 모든 선생님의 사랑과 관심 덕분에 교사가 되었다. 그분들이 나를 꿈꾸게 한 것처럼 나도 학생들을 꿈꾸게 하는 사람이 되고 싶었다. 그리고 선생님들이 주신 따뜻한 사랑과 성장의 힘을 제자들에게 나누어 주려고 노력 중이다.

교사 덕후 배정화 작가의 《오늘도 교사로 걷는 당신에게》를 읽으며 '나도 그랬지.'라고 혼잣말을 연발했다. 공감되는 문구에서 울림을 느꼈기 때문이다.

'교사의 삶을 내 것으로 가져올 수 있게 된 건 순전히 좋은 선생님들을 만난 덕분이었다. 나를 키운 팔 할이 선생님이었던 것처럼 나도 아이들 곁에서 그들의 삶을 아름답게 꽃피울 수 있게 하는 팔할의 바람과 햇살이 되고 싶다.'

꿈을 이루는 사람

나의 선생님들은 교사의 꿈만 이루게 한 것이 아니었다. 결혼식 로망도 이루게 하셨다. 중학생 때 교내 방송반으로 활동했다. 학생들을 친근하게 대하시던 방송반 선생님은 자신의 결혼식에 학생들을 초대하셨다.

선생님 결혼식에서 처음 보는 예식에 눈이 휘둥그레졌던 기억이 생생하다. 신랑 신부가 퇴장할 때 제복 입은 남자들이 양옆에 나란히 서서 긴 칼을 높이 쳐들었다. 신랑 신부가 통과하는 칼 길이 만들어졌다. 남자들은 관문마다 칼로 신랑 신부를 가로막고 미션을 주었다. 신랑 신부는 미션 수행을 해야 칼 길을 통과할 수 있었다. 바로 '예도' 의식이었다.

"신랑은 신부를 번쩍 들어 올리십시오."

신랑은 신부를 번쩍 안아 올렸다.

"신랑은 신부에게 키스하십시오."

신랑 신부는 키스했다.

사춘기에 들어선, 중학생 소녀는 절도 있는 예도 의식에 완전히 매료되었다. 나는 아직도 방송반 선생님의 사부님께서 무슨 일을 하는 사람인지 모른다. 어떤 사람이 예도를 받는 것인지 그땐 알지 못했다. 그저 멋있었다. 그래서 결심했다.

'나도 저거 하는 남자와 결혼해야지. 결혼식에서 저 칼 길 통과해야지. 선생님처럼 멋진 결혼식 해야지.'

12년 후 나의 꿈은 이루어졌다. 결혼식장에서 예도단 예식을 통과하여 퇴장했다. 공군 학생군사교육단(ROTC) 출신 신랑과 결혼했기 때문이다. 예도 의식을 할 수 있는 남자를 찾아 만난 것은 아니었다. 선생님처럼 멋진 결혼식을 꿈꾸던 소녀의 간절함과 선생님의 에너지가 하늘에 닿았다고 설명할 수밖에 없으리라.

제자들이 결혼식에서 축가를 부르는 꿈도 이루어졌다. 결혼하던 해 6학년 담임이었다. 학급 학생 모두 담임의 결혼식에 와서 장미꽃을 나누어주며 노래를 불렀다. 아이들은 결혼식 축가를 위해 점심시간도 반납하고, 방과 후에 따로 시간을 내어 이벤트를 준비했다. 노래 가사를 외우고, 화음을 맞추고, 동선을 연습했다. 사랑스러운 축가는 결혼식에 참석한 모든 이의 마음을 따뜻하게 했다. 하객들의 흐뭇한 미소에 내가 교사인 것이, 이토록 사랑스러운 아이들이 나의 제자인 것이 너무 자랑스러웠다.

　신혼여행을 다녀왔다. 점심시간에 아이들은 새로운 놀이를 하고 있었다. 두 줄로 서서 빗자루를 높이 쳐들었다. 그 사이를 팔짱 낀 둘이 통과했다. 첫째 줄 빗자루가 둘을 가로막았다. 그리고 큰소리로 절도 있게 외쳤다.

　"신랑은 신부를 안아주어야 통과할 수 있습니다."

　팔짱 낀 둘 중 한 사람이 다른 사람을 안아 올렸다. 둘째 줄 빗자루가 안고 있는 둘을 가로막았다.

　"신랑 신부는 뽀뽀해야 통과할 수 있습니다."

　반 전체가 박장대소하며 웃었다.

　담임 결혼식에서 본 예도 의식이 점심시간 놀이가 되어 있었다. 어린 내가 그랬던 것처럼, 선생님의 결혼식은 우리 반 아이들에게도 특별하고 인상적이었던 게다.

그때의 사랑스러운 아이들은 이제 30대가 되었다. 그들 중 한 사람이라도 선생님의 결혼식에서 본 모습을 꿈으로 간직한 사람이 있었을까? 실제 자기 결혼식에서 예도를 받으며, 6학년 담임을 떠올린 사람이 있었을까? 내가 우리 선생님 결혼식에서 꿈꾼 것처럼.

나의 결혼식에서 피아노를 연주했던 똑순이 S 씨와 몇 년 전 연락을 했다. 사랑하는 사람이 생겼다고, 참 좋은 사람이라고, 잘 되면 선생님께 꼭 소개하겠단다.

"S 씨가 선생님 결혼식을 축하해 주었으니, 선생님도 꼭 결혼식에 갈게요."

나는 약속했다. 축가를 불러주고 피아노를 연주해 줄 수는 없다. 그러나 세상 그 누구보다 제자의 행복을 빌며, 새 출발을 응원할 수는 있다. 성인이 된 그들이 앞으로의 행복을 꿈꾸게 할 수는 있다.

선생님들이 나를 꿈꾸는 사람으로 만들었다. 꿈을 이루는 사람으로 만들었다. 꿈을 나누는 사람으로 만들었다. 해마다 제자들은 선생님 덕분에 성장할 수 있었다고 감사의 인사를 한다. 선생님처럼 되고 싶다고 꿈을 이야기한다. 나의 선생님들이 그랬던 것처럼, 나도 제자들에게 좋은 영향을 줄 수 있음에 감사하다.

19

"봉지에 담아도 모과 향기는 새어 나온다.
모과를 꺼내도 모과 향기는 봉지 속에 남는다."

초임 발령받을 때 전병호의 〈모과〉란 시를 읽었다. '모과 향기' 같은 교사가 되겠다고 결심했다. 함께 있을 때 나의 향기가 학생들에게 긍정적인 영향을 주기를, 헤어진 후에도 나의 향기가 그들에게 남아 인생이라는 여정의 나침반이 될 수 있기를 바란다.

20년이 지난 지금도 '모과 향기' 같은 교사가 되고 싶은 마음은 변함없다. 제자 모두가 꿈을 꾸었으면 좋겠다. 꿈을 간직하고 이루면 좋겠다. 그들의 모든 꿈이 이루어질 때까지 '꿈꾸게 하는 사람'이고 싶다.

오글오글 씁니다

나의 H 선생님

김진옥

학교는 학생들이 모여 배우고 어울리는 곳이다. 교사인 나에게 학교는 직장이자 학생들을 만나는 곳이고 또, 동료 교사와 교류하는 곳이다.

처음 교직에 들어왔을 때, 학교가 얼마나 낯설던지 내가 과연 학교를 그렇게 오래 다닌 사람이 맞나 싶을 정도였다. 같은 공간이더라도 학생과 교사의 입장과 시선에 따라 달리 보이는 게 당연하지만, 나는 유독 더 그랬다. 갓 결혼을 했고, 갓 임신을 했으며, 거기에다가 갓 교사가 되었으니 혼란스러울 만도 했다. 그렇게 초임 교사로 1년을 보내고 휴직과 복직을 반복하다가 신규교사 태를 간신히 벗은 때는 6년 차 정도 되어서였다.

집에서는 어린아이들을 돌보고 먼 출퇴근 거리를 버텨내며 새로운 업무를 배우느라 학교생활의 재미라고는 전혀 느낄 새 없던 때였다. 재미가 웬 말인가?

'오 신이시여, 어서 나의 젊음을 빼앗아가고 늙음과 여유를 주시옵소서.'

간절히 빌고 싶었다. 정말이지 선배 선생님들의 퇴임식에서는 부러움에 복받쳐 눈물이 날 정도로 매일 버거웠던 시절이었다.

그러던 어느 해, 나는 '고사계'라 불리는 시험 업무를 담당했다. 업무분장이 어떻게 되었는지 몰라도 교감 선생님의 어느 정도의 우격다짐과 사태파악이 안 되어 얼버무리는 내 반응에 타당 불이 붙어 그 업무를 맡게 되었다. 알고 보니 꽤 중요하고 힘든 업무였다. 빡빡한 일정이었지만 계획대로 착착 진행하는 것을 보는 재미도 있었다. 돌이켜보면 저 경력일 때, 집중 훈련하여 나중의 다른 업무가 상대적으로 수월하게 느껴지는 발판이 되었던 시기였다.

H 선생님은 성적 담당으로 내 옆자리였다. 선생님은 차분한 인상에 늘 미소를 머금고 계셨고 전체적으로 얌전한 이미지였다. 시간이 흐르면서 조금씩 선생님과 가까워졌다. 서로를 놀리기도 하고 별일 아닌 일로 깔깔거리는 일이 잦아졌다.

출근 복장을 보고 '오늘은 스타일에 포인트가 너무 많은 거 아니에요. 귀걸이와, 목걸이에 화려한 블라우스까지. 욕심부리셨어요. 담엔 자제하도록 하세요'라며 놀리고, '요즘 배가 나와. 내가 생전

배가 없던 사람이었거든요. 많이 먹지도 않는데 억울해.'라고 소소
한 푸념을 하기도 했다.

당시 나의 두 자녀는 7살, 10살로 육아의 산봉우리 같은 시기를
넘기던 시점이었다. 주변의 도움 없이 오롯이 남편과 둘이서 쉴
새 없이 지내다가 약간의 여유가 생기던 때였다. 동시에 그 약간
의 틈에 우울함이 와르르 밀려오는 경험을 하던 때이기도 했다.
옆자리 선생님과 금방 웃으며 담소를 나누다가도 한순간에 기분
이 가라앉아 자리에서 일어나 수업하러 교실에 들어가는 것이 버
거웠다.

그런 와중에 나는 H 선생님에게 물었다.

"H 선생님은 우울한 적 없어요? 아들 둘 키우면서 시어머니 모
시고 살면 당연히 힘들 텐데."

"나는 맛있는 거 먹고 자면 금방 괜찮아져요. 전 사실 우울함이
뭔지 잘 몰라요. 대신에 남편이 예전에 우울하다고 해서 길게 혼
자 해외 여행가라고 한 적 있어요. 그런데 말이에요. 우리 집에서
진짜 힘든 건 난데? 그렇지 않아요? 그래도 힘들다고 하니 어떡해
요. 이해해 줘야지"

"진짜요?!!"

어떻게 먹고 자고 일어났을 뿐인데 가라앉은 기분이 괜찮아질
수 있단 말인가. 놀라웠다. 어떻게 남편만 길게 혼자 여행을 보내

줄 수 있단 말인가. 당시에 나는 H 선생님에게 '제가 이래서 힘들어요.' 하고 소상하게 털어놓진 못했지만, H 선생님의 밝은 에너지와 넓은 이해심에 큰 위로를 받았다.

H 선생님은 조용해 보이는 이미지와는 달리 꽤 적극적인 성격이었다. 하루는 친정아버지가 하시는 고추 농사가 잘되었다면서 고추 한 포대를 학교에 가져왔다. 학교 내 메신저로 한 봉지씩 고추를 담아주겠다며 전체 메시지를 보내기도 했다. 요리니 음식 재료에 대해 일절 관심이 없는 나였지만, 요즘에 보기 힘든 마음씀에 마음이 푸근해졌다.

H 선생님은 퇴근 후의 삶도 바쁘다는 것을 우연히 알게 되었다. 화요일에은 요리 수업이, 월, 수, 금에는 댄스수업이 있었고, 일요일에는 성당 내 카페에서 커피 내리는 봉사활동을 했다.

"이번 요리 시간에 맛 간장을 만들었어요. 음식 만들 때 넣어 먹어요. 에이 별거 아니야~."

요리를 배우고 온 날에는 부서 선생님들에게 만든 음식을 나눠주기도 하고, '어제는 유린기를 만들었는데요'라고 하면서 유린기 레시피를 줄줄 읊었다.

H 선생님은 내가 듣고 싶어 하는지, 요리에 관심이 있는지는 신경도 쓰지 않고, 어떻게 먹으면 유린기를 더 맛있게 먹을 수 있는지를 신나게 이야기했다.

"일단 **치킨에서 순살치킨을 사."

"순살치킨을 그냥 먹으면 되지, 거기에서부터 요리 시작인 거에요?"

"일단 들어봐요. 소스 만드는 비율이에요. 간장, 식초, 설탕을 1:1:1로. 외우기가 쉽죠? 소스는 차−갑게, 치킨은 뜨−겁게."

"네에~ 네에~"

내가 건성으로 대답하건 말건 다시 한번 한마디, 한마디에 힘을 주며

"기억해요. 소스는 차−갑게, 치킨은 뜨−겁게. 비율은 1:1:1"

"소스는 뜨겁게 치킨은 차−갑게요?"

"아니, 아니. 반대로"

우리는 점심을 먹으러 식당으로 걸어가며 유린기를 주제로 그렇게 이야기를 나눴다.

선생님의 바람과는 달리 나는 끝내 유린기를 해 먹지 않았다. 그렇지만 그때 선생님의 들뜬 음성은 지금도 생생하다. 따끈한 순살 치킨과 달짝지근한 소스가 입안에서 느껴지는 듯하다.

그렇게 시간이 흘러 8월 말 때쯤이었을까. 9월에 있을 학교 축제를 기다리던 즈음이었다. 보통 축제 준비라 하면 학생들이 팀을 이루어 아이돌 그룹의 댄스나 악기 연주 등을 준비한다. 때로는 젊은 선생님들이 뜻을 모아 댄스 공연을 준비하기도 한다. 그런데

평소 동네 문화센터에서 댄스를 배우고 있었던 H 선생님은 우리도 한 번 교사 댄스를 해 보자고 제안했다.

'Despacito'라는 관능적인 느낌의 라틴팝을 노래로 정했다. 원하는 선생님들을 한두 명 모으더니 여덟아홉 명 정도를 모았다. 연령대도 20대부터 50대까지 다채로운 구성이었다.

몸치인 나는 평소라면 댄스 연습에 함께 할 사람이 절대 아니지만, 선생님을 도와주고 싶은 마음에 함께 했다. H 선생님과 함께라면 무엇이든 재밌을 터였다. H 선생님은 분량을 쪼개서 안무를 조금씩 가르쳐 주셨다. 동작의 수준이 너무 높다 싶으면 단순화시켜서 춤을 완성해 갔다. 학기 중에는 내내 명절을 앞둔 방앗간처럼 좀처럼 한가할 때가 없는데도 댄스팀 선생님들은 열 일 제쳐놓고 1층 체육관에 모였다.

땀이 뻘뻘 흐르도록 몸을 흔들고 서로의 우스꽝스러운 몸짓에 웃고 떠들며 연습했다. 공연 날이 다가오자 H 선생님은 어떤 무대 의상을 입어야 할지 의견을 모았다. 돈을 모아 분위기에 맞는 소품과 가면을 샀다. 나는 맨 뒷줄이었는데도 긴장을 늦추지 않고 각고의 노력으로 틀린 동작 없이 전부 해냈다. 그런데도 주변 선생님들이 멀리서도 뻣뻣한 작대기 같은 사람이 바로 나인 줄 알아보았다고들 하셨지만, 그 일련의 과정이 즐거웠다. 우리끼리 좋아서 한 무대였다. 성공리에 무대를 마칠 수 있었던 것은 순전히 옆

자리에서 우리를 이끌어 준 선생님 덕이었다. 크게 힘들이지 않으면서도 공연을 위해 선생님들을 끌고 가는 H 선생님의 모습이 경이로웠다. 그 이후 연차로나 춤 실력으로나 교사 댄스라는 이름으로 무대에 설 일이 없었다. 그래서인지 그때의 경험이 강렬하다. H 선생님은 그렇게 흥이 많은 사람이었다.

방학 전엔 '우리 방학하면 어딘가 갈까요?'라고 하더니 기어코 동대문시장에 나를 끌고 갔다. 별거 아닌 목도리나 장갑 같은 겨울 소품을 사고, 마약 김밥과 떡볶이를 먹었다. 성수동 카페에 가서 이야기도 나눴다. 그 시절 왜 그렇게 힘들게 일했나 싶으면서도 다른 한편, H 선생님과 함께한 2년이 너무 즐거웠다. 나는 이제 옮긴 학교에서 또 다른 H 선생님이 되어 나만의 방식으로 주변에 즐거운 분위기를 만들기 위헤 궁리한다.

어느 직장이나 그렇듯 학교에 근무하며 답답하고 속상하고 어쩔 수 없이 견뎌야 하는 부분이 있다. '학교가 재미없다. 학생과 학부모가 무섭다. 최대한 적게 일하고 말자.'라는 말도 곧잘 들린다. 그럼에도 선생님들께 '힘들 때 학교 가는 즐거움이 뭐냐'라고 물으면 마음이 잘 맞는 같은 학년 선생님, 같은 교무실 선생님과 지내는 것이라고 한다.

지친 마음을 일으켜 교사로 한 걸음 나아갈 힘은 연대라는 거창한 말 이전에 옆에 있는 선생님과 나누는 짧은 대화 덕분이 아닐까 싶다. 그것이 때론 실없는 농담이고, 때론 거들어 주는 분노이고, 때론 휴일의 계획 그런 소소한 것일 수도 있다.

결국, 모든 힘은 사람에게서 나온다.

가난한 학생

김민수

    지금 학교에서는 개인정보 보호와 학생 차별 및 편견 방지를 위해 학생 가정의 경제 상황과 보호자의 직업정보를 수집하지 않는다. 그래서 담임 교사로서 장학금 후보 학생을 추천해달라는 연락이 오면 정보가 부족해 난감하다.

    학생 또는 학부모 상담을 하면 우연히 가정 상황을 듣게 될 때가 있다.

    '이혼 가정이구나',

    '아, 조손가정이구나',

    '기초생활 보장 수급자 가정으로 지원을 받고 있구나'

    그나마 상담을 통해 얻게 된 정보를 바탕으로 조심스럽게 보호자에게 연락을 드린다. 자격조건을 잘 살펴보시고 회신해 달라는 문자를 보내면 보호자로부터 긍정적인 답장이 온다. 적지 않은 용기가 느껴지는 답변이다. 그렇게 우리 반 학생이 장학금을 받게 되었다는 연락을 받으면 나도 모르는 새 미소가 지어진다.

선명한 동그라미의 의미

선생님의 종례를 기다리며 나는 자리에 앉아 있었다.

선생님께서 두툼한 가정통신문을 들고 오셨다. 분단 별로 장수를 세시고 종이를 나눠주셨다. 가정통신문의 제목을 본 아이들은 환호성을 질렀다.

"와! 수학여행이다!"

친구들과 함께 떠나는 수학여행은 늘 지각하던 학생들도 일찍 등교하게 만든다. 나도 들뜬 마음으로 가정통신문을 가지고 집으로 돌아갔다. 나는 가방에서 가정통신문을 곱게 펴서 안방 화장대 위에 올려놨다.

"우리 수학여행 간대!"

가족 모두가 저녁밥을 먹고 있는지라 다소 차분하지만, 리듬감 있는 목소리로 말했다. 하지만 아버지의 대답은 시원하게 돌아오지 않았다. 식사 시간이니 그러려니 하고 이어서 밥을 먹었다. 잠자리에 들 준비하고 있는데 아버지가 나를 불렀다. 참가가 아닌 불참에 선명한 동그라미가 그려져 있었다.

'엥? 왜지? 수학여행에 못 가는 건가?'

아버지는 선생님과 통화해 보겠다고 하셨다. 나는 아버지의 의중을 짐작하다 답을 얻지 못하고 결국 잠에 들었다.

다음 날, 설레는 마음 때문인지 학생 대부분이 가정통신문을 가져왔다. 나도 제출하려고 회신 선을 따라 곱게 접어 자른 후, 맨 뒷자리 친구가 걷을 때까지 기다렸다. 그 친구가 걷으려 할 때, 내 불참 표시가 안 보이도록 친구 손에 내 가정통신문을 잽싸게 구겨 넣었다. 불참 표시로 주목 받는 게 싫었다. 쉬는 시간, 담임 선생님께서 나를 찾으셨다.

"수학여행 불참 표시했던데, 안 가고 싶어?"

나는 가고 싶다고 조심스럽게 대답했다. 회신문과 정반대의 대답을 하는 내가 혼란스러웠다. 아버지가 선생님께 따로 연락을 드릴 예정이라고 전달했다. 어렴풋이 느껴졌다. 불참에 표기한 선명한 동그라미는 불우한 가정을 뜻했다.

나는 다행히 수학여행을 갔다. 하지만 그 이후로 수학여행을 갈 때마다 거의 불참 표시에 체크 후 가정통신문을 제출해야만 했다.

가끔은 부끄러움을 견디고 뻔뻔해질 수 있어야 한다. 금전적 지원을 받기 위해 뻔뻔함이라는 가면을 썼다. 모든 금액을 지원받은 적도 있고, 일부만 지원받은 적도 있다. 가난하다는 걸 세상에 들켰다. 그게 선생님이라는 점에 약간의 안도감이 들었지만, 혹시나 친구들이 알면 어쩌나 하는 불안감도 있었다. 그래서 친구가 가정통신문을 걷을 때마다 마음을 졸였기에 시력이 좋지 않았어도 종이를 걷는 맨 뒷자리에 앉고 싶었다.

들켜선 안 되는 카드

컴퓨터를 켜서 번호를 입력했다.

'9436 ….'

번호를 다 입력하고 숫자가 나오길 기다렸다.

'사용 가능 금액: 4,000원'

당시 동사무소에서는 결식아동이 우려되는 학생들에게 카드를 발급했다. 결식아동을 위한 이 카드는 지역마다 명칭이 달랐으며, 내가 쓰던 카드의 이름은 '푸르미 카드'였다. 나는 항상 두 장을 가지고 다녔다. 누나 이름으로 한 장, 내 이름으로 한 장. 지갑을 구경하겠다는 친구들의 말이면 가슴이 콩닥콩닥 뛰었다. 지갑 깊숙이 숨겨놓은 결식아동 카드 두 장을 친구들에게 들킬까 노심초사했다.

푸르미 카드는 편의점이나 분식집, 제과점 등 끼니를 해결할 수 있을 만한 음식점에서 사용할 수 있었다. 하지만 모든 가게에서 사용할 수 있는 건 아니었다. 매장 출입문 유리에 '푸르미 카드 가맹점'이라는 스티커가 부착되어 있어야 결식아동 카드를 사용할 수 있었다.

가게들을 지날 때마다 출입문을 찾듯이 외관 유리를 유심히 살폈다. 결식아동 카드로 인한 습관이다. 내가 가지고 있는 카드를 사용할 수 있는 가게인지 아닌지, 정확히는 내가 당당히 들어갈 수 있는 가게인지 아닌지 확인해야 했다. 내 걸음이 허락된 곳이면 머릿속 지도에 음식점을 저장했다.

'이 음식을 먹고 싶은 날에는 여기 와야겠다!'

지나갈 때마다 고소한 튀김 냄새를 풍기는 중식 전문점이 있었다. 출입문 유리를 살펴보니 푸르미 카드 가맹점 스티커는 없었다. '사장님께서 푸르미 카드 가맹점을 신청하셨는데, 혹시 바빠서 스티커를 못 붙이신 거지 않을까?' 몇 번을 주춤하다 혹시나 하는 기대를 안고 가게 문을 열었다.

"사장님, 혹시 푸르미 카드 사용해도 돼요?"

연거푸 그게 뭐냐는 사장님의 반문에 심드렁한 인사말을 뒤로하고 잽싸게 가게를 빠져나왔다. 두 눈이 질끈 감길 만큼 부끄러웠다. 그래도 경험이 쌓이다 보니 나름 뻔뻔해졌다. 푸르미 카드가안 된다는 말에도 '아 그래요? 알겠습니다~'라고 하며 당당하게 가게를 나왔다.

'흥! 다른 가게도 많다고!'

고등학교 졸업과 동시 결식아동 카드에 더이상 돈은 충전되지 않았다. 내 지갑에서 그 카드가 빠져나가자 아쉬웠지만 다시는 친구들에게 숨기지 않아도 된다는 자유로움이 느껴졌다.

가난의 의미

가난은 '간난(艱難)'에서 온 말이다. 어려울 간, 어려울 난으로 구성된 간난이라는 발음은 현재 잘 사용하지 않고 '가난'이라는 음으로 정착했다. 가난은 어렵고 어렵다는 뜻이다. 뭐가 그렇게 어려웠길래 어렵다는 뜻을 두 번이나 넣어가며 '가난'이라는 단어를 만들었을까?

새 옷을 입기도, 학교와 가까운 곳에 살 수도, 수학여행을 마음 편히 가기도, 원하는 음식점에 들어가기도 어려웠다. 뭐든 어렵고 어려운 가난한 학생이었다.

교사가 된 지금은 경제적 지원이 필요한 학생들을 위해 학급과 학년이 달라도 장학금 멘토를 부탁받으면 흔쾌히 수락한다.

고모와 함께 생활했던 멘티 학생은 삼성꿈장학재단의 도움을 받으며 원하는 태권도를 꾸준히 배웠다. 교육복지 사업을 신청해 아이들에게 문제집을 사주고, 문화생활이 어려운 학생과 새로 개봉한 영화를 보거나 도예 수업으로 그릇과 컵을 만든다.

　가난은 그 사람의 발길을 가로막고 마음을 옥죈다. 조여오는 숨통, 좁아지는 공간은 어른도 감당하기 어렵다. 행정복지센터에서 무료로 받아오는 10kg 쌀 포대를 드는 게 훨씬 쉽다. 푸른 봄과 같은 계절에도 거센 바람과 차가운 소나기는 찾아온다. 먼 훗날 쉼터 같은 고마운 어른이 있었다는 어렴풋한 추억이면 충분하다.

이상하고 아름다운 나의 교실

감지원

　나의 교직 생활은 길지 않지만, 힘든 고비를 꽤 여러차례 경험했다. 해가 갈수록 교실에 있는 시간이 점점 더 고통스러웠다. 그러나 지금 나는 그만두지 않았고, 여전히 이 일을 계속하고 있다. 숨막히고 아픈 시간을 통과하는 중에도 마음 저편에는 '그만두고 싶지 않다'라는 목소리가 들렸기 때문이다.

　정말로 이상한 일이다. 그렇게 자꾸만 눈에 밟히면서 나를 떠나지 못하게 했던 것은 바로 '이상하고도 아름다운 나의 교실'이었다.

　야속하게도 나는 '유치원 교사'라는 직업에 어울리지 않게 심미적 감각을 전혀 타고나지 않았다. 그래서 내가 만들고 구성한 것들은 어딘가 모르게 늘 어설퍼 보였다. 누가 볼까 걱정될 정도로 부끄러운 솜씨지만 무언가 해 보고 싶어서 참지 못하고 몸이 들썩

거릴 때가 많다.

아이들은 자신의 작품을 교사에게 선물할 때가 많다(사실 '선물'일 때도 있고, '처분'일 때도 있다). 색종이로 다람쥐, 토끼, 하트를 접어서 나에게 건네주는 아이의 작품은 정말 귀엽다. '와! 정말 귀여운데? 선생님이 이거 전시해도 될까?'라고 물으면 미소를 씩 지으며 고개를 끄덕인다. 그러면 나는 모두가 잘 볼 수 있는 창문에 작품을 붙인다.

또, 놀이하다 보면 바닥에 종이가 떨어져 있을 때가 많다. 밟고 미끄러져 사고가 나면 안 되니 바로바로 줍는다. 주우면서 보니 내가 알려준 동요 가사 말을 이면지에 삐뚤빼뚤한 글자로 써놓은 것이다. 그저 글자를 똑같이 따라 써보았다는 것에 만족한 것인 지, 쓸모없어진 것인지, 열심히 써놓고는 아무 데나 던져놓은 것이다. 또 나는 그런 것들을 버리지 못하고 집게로 교실 벽면에 걸어둔다. 만족스러워서 가까이서 한번 보고, 멀리서 한 번 더 본다.

이 장면을 아주 아름답게 상상하고 있는 사람도 있겠지만 현실은 전혀 그렇지 않다. 똑같은 것을 전시해도 기가 막힌 감각과 아이디어로 감탄을 절로 자아내게 하는 선생님도 많으나 아무래도 나는 그런 쪽은 아닌 것이 확실하다. 그래서 아마 다른 사람이 볼때 너저분한 교실일지도 모르겠다. 하지만 그렇게 널브러지듯 걸려있는 모양새라도 나는 아이들의 손길이 간 것이라면 예쁘고 매

37

1장 마음을 나누는 학교에서

력이 있다.

이 공간에서 나는 훨훨 날 듯, 신이 날 때가 있다. 바로, 배움으로 이끌어질 만한 공통의 관심사를 아이들에게서 발견하는 순간이다. 가슴이 두근거린다. 교과서가 없고 교육과정 구성과 주제 선정이 오로지 교사 역량에 달린 유아교육의 특성상, 이러한 발견은 아주 귀한 순간이다.

아이들이 동물에 관심이 많다면 이 교실은 바다와 정글이 될 수도 있다. 꽃에 관심이 많다면 이곳은 온통 꽃밭으로 바뀔 수도 있다.

발견한 흥미를 주제로 선정하여 교육 활동을 전개하기로 결정을 내리면 그때부터 시간 가는 줄 모르고 교실 환경을 구성한다. 책상을 딛고 올라가 천장 나사를 뺀 후 낚싯줄을 묶어서 무언가를 매달고, 만든 것을 바닥과 벽에 붙이느라 어깨와 허리가 뻐근하고 다리가 저릿하다. 그래도 깜깜한 퇴근길에 콧노래가 절로 나온다. 내 교실을 더 효과적인 배움의 공간으로, 즐겁게 의미 있는 공간으로 만들고 싶은 욕심은 내려놓기가 힘들다.

그렇게 더 잘하고 싶은 욕심과 성취감을 즐기며 일해왔었다. 하지만 이런 성향은 어느 순간부턴가 나의 발목을 붙잡았다. 마치 갯벌 속에 단단히 발이 박혀버린 것처럼 아무리 심호흡을 해 보아도, 반대로 온 힘을 주어도 빠져나올 수가 없었다.

더 잘하고 싶은 마음이 앞서 주변 선생님들의 장점과 나의 부족한 점을 비교하며 스스로 더 완벽해지기를 요구하기 시작한 것이다. 좀 어설퍼도 예뻐 보였던 '아이들과 함께 만든 교실'이었는데, 그저 못나고 부족한 부분만 눈에 띄었다.

나는 왜 미적 감각이 없는지, 나는 왜 더 창의적이지 못한지, 나는 왜 이리 전문성이 부족해 보이는지 자책하기 시작했다. 그렇게 생겨난 또 다른 나는, 교실에서 나를 매 순간 엄격하게 바라보며 지적하고 꾸짖었다. 시간이 갈수록 점점 더 무력감에 빠져들었다.

결국 '나의 교실'은 나를 시험하고, 숨 막히게 하는 공간이 되었다. 한두 해 정도 괴롭히다 사라질 것만 같던 무기력은 5년 동안 나를 떠나지 않았다. '이 일을 그만두어야 하나?'를 수만 번 고민하는 동안 현실적인 문제들도 적지 않았지만, 나를 자꾸 뒤돌아보게 만든 것은 역시나 교실이었다.

간신히 수업을 마치고 교실 문밖을 나와 깊은 한숨을 푹 내쉬는 순간, 놀랍게도 다시 교실이 그리워지는 것이다. 믿기지 않았다. 조금 어이없기도 했다. 매일 집에 가서 다른 일자리를 찾아보던 내가 그리움을 느끼다니.

나의 혼란 속을 조금 더 들여다보아야겠다는 생각이 들었다. 모든 감각의 초점을 이 느낌에 맞추어 나의 진짜 마음이 어떤 것인지, 내가 정말 원하는 것이 무엇인지 알아차리고 싶었다.

창문에서 훅 들어오는 바람에 흩날리는 알록달록한 종이들, 작은 어린아이들이 모여 재잘재잘 떠드는 소리, 입 모아서 부르는 노랫소리, 별것도 아닌 것에 자지러지며 깔깔 웃는 소리, 내가 연주했던 동요를 따라 치고 싶어 뚱땅뚱땅 이리저리 두드려보는 서툰 피아노 연주 소리, 무엇이 그렇게도 놀라워 꼭 말하지 않으면 안 되는지 '선생님, 선생님,' 하고 끊임없이 보채는 소리. 그리고 그 복작거리는 곳에서 아이들의 눈높이에 맞춰서 이 세상을 알려주고 보여주는 교사의 모습은 내 눈에 가장 아름다운 모습으로 보였다.

이렇게 교실 밖으로 한 걸음만 내디뎌 복도에만 나와 보아도 나는 알 수 있었다. 조금 전까지 내가 몸담았던 그곳이 얼마나 아름다운 곳인지, 경이롭고 신비로운 역동이 일어나는 세상인지를. 그리고 '지금 나는 너무 힘들지만, 이곳을 떠나는 바로 그 순간부터 이곳을 그리워할 것이고, 온전하게 행복할 수는 없겠다'라는 것을 깨달았다.

나는 도망치고 싶은 게 아니었다. 이곳에서 행복하고 싶은데 방법을 몰랐던 것이었다.

갖은 방법을 동원해 도움을 얻기 시작했다. 그 과정에서 들었던 말 중,

"프로는 매사를 완벽하게 해내는 사람이 아니라, 완급조절을 하

면서 꾸준히 해낼 줄 아는 사람이에요."

라는 말이 가장 기억에 남았다.

그날 집에 돌아가는 버스 안에서, 출·퇴근 길에도, 업무시간에도, 수업 시간에도 그 말을 되새기고 또 되새기면서 나를 돌아보았다.

매일 매시간을 완벽하고 멋들어지게 해내고 싶었던 나는 그 부담감에 어떤 것도 해내지 못하는 상태가 되었다.

아이들 말에 답해주는 그 몇 마디도 힘겨웠다. 그런데 '완급조절'이라는 새로운 시각을 나의 인생 기준으로 받아들이며 모든 것을 다르게 보기 시작하니 나를 짓누르던 무거운 짐을 조금씩 내려놓는 느낌이 들었다.

'더 잘하지 않으면, 완벽하지 않으면 교사로서 자격 미달이야.'라고 자책하던 관점을 바꿔 이제는 '완벽하지 않은 나'도 당연한 것으로 여길 수 있었다. 그리고 가장 힘에 부쳤던 순간에도 놓치지 않고 늘 지키고 노력하며 꾸준히 해오고 있었던 것들이 보이기 시작했다.

돌이켜보면 나는 본디 느긋한 성격을 가진 터라 열심과 최선 혹은 목표를 향한 정진 같은 것들은 해 본 적이 없었다. 그런데 나의 교실을 꿈꿀적부터 담임이 되어 운영하기까지 몸 사리지 않고 달려들었다.

나의 교실에서는 늘 모든 것을 눈에 담으려 주의를 기울였고, 기록했고, 나의 판단이 옳은지 점검했다. 그리고 동료들을 모아 함께 연구하고 회고하며 더 나은 내일을 다짐했다. 나의 교실이기에 내 생의 그 어느 때보다 열정을 다했지만, 그래서 더 도망치고 싶고 두려웠다. 나는 그렇게 교실을 너무나도 사랑하고 고통스러워하던 시간을 지나왔다.

이제는 나의 결과물이 눈에 띄게 화려한 불꽃이 아니어도, 모두가 화들짝 놀랄 만큼 뜨거운 열기가 아니래도 괜찮다. 시끌벅적하고 알록달록하게 이상하고 아름다운 나의 교실과 그 교실 속의 나를 사랑하는 것을 그저 오래 이어갈 수 있길 소망한다.

요즘 초등 5학년의 점심시간

김미현

급식 안내판 앞에서 친구들이 시끄럽다. 오늘 무언가 맛난 메뉴가 나오나 보다.

"얘들아, 오늘 맛있는 것 나오는 날이야?"

"선생님, 6월에는 다 맛있는 것 나와요!"

"진짜, 맛있는 게 뭔데?"

"오늘은 해피춥스 나오고요, 내일은 마라탕과 아이스 망고, 수요일은 핫바도 나와요."

"이번 주 급식당번 너무 좋아요."

"선생님, 다음 주 수요일은 김밥 속 주먹밥도 나와요."

"선생님, 소떡소떡하고 수박 뚱카롱도 나와요."

해가 가면 갈수록 급식메뉴가 다양화되고 있다. 작년부터 마라

탕이 급식에 나오기 시작했다. 이번 달은 해피춥스와 핫바도 등장했다. 해피춥스는 처음 보는 메뉴라 나도 무척 궁금하다. 해피춥스는 추파춥스와 비슷한 모양일 것 같은데 나의 예상이 일치할지 모르겠다.

　이번 주 급식당번은 더 행복해 보인다. 보통은 수요일만 특별식이 나온다. 이번 주는 수요일뿐 아니라 모든 요일에 눈에 띄는 메뉴가 많다.

　번호순서에 따라 매주 급식당번이 바뀐다. 급식당번은 6명이 돌아가면서 한다. 급식당번은 친구들에게 급식을 나누어 주고 남은 음식은 더 많이 받을 수 있는 특권이 있다. 오늘의 특별 메뉴인 해피춥스가 남게 된다면, 급식당번은 한 개씩 더 받을 기회가 생긴다. 이번 주는 유독 맛난 것이 많아서 이번 주 급식당번은 운이 좋다.

　4교시 체육을 마치고 급식당번은 체육관에서 교실로 뛰어왔다. 머리와 목까지 땀으로 범벅이다.

　"선생님, 급식차 가져와도 돼요?"

　"그럼."

　"선생님, 저도 급식당번 해도 돼요?"

　"너는, 다음 주 급식당번이에요."

　"저도 하고 싶어요!"

친구들은 급식당번을 너무 좋아한다.

드디어 급식차가 열리고 오늘의 메뉴가 등장했다. 가장 관심을 모았던 해피츕스가 모양을 드러냈다. 미니 도넛 모양에 막대사탕처럼 나무 손잡이가 달려있다. 잘 익은 바나나 빛 초콜릿으로 둘러싸인 미니 도넛이다. 노란 초콜릿 위에 해피츕스라고 쓰여있다. 친구들은 해피츕스부터 맛을 보기 시작한다.

"친구들, 맛은 어때요?"

"선생님, 바나나킥 맛에 초콜릿을 두른 맛이에요."

"맞아요. 바나나 맛 미니 도넛이요."

친구들 말이 딱 정답이다. 너무 달지도 않고, 크지도 작지도 않은 동그란 미니 도넛이다. 탄수화물을 가득 먹고도 부담이 없는 크기의 바나나 맛 도넛이다. 이 맛있는 도넛이 5개나 남았다.

"선생님, 저희끼리 가위바위보 할게요."

이제는 급식당번 스스로 남은 음식을 나누어 가져간다.

친구들이 점심을 모두 먹으면 급식 정리 당번은 급식 차를 정리한다. 급식 정리는 번호순으로 2명이 함께 한다. 반찬통은 뚜껑을 크기에 맞게 닫고 급식차 안에 차곡차곡 쌓아 정리한다. 수저도 방향을 맞추어 가지런히 정리한다. 집게와 밥주걱도 수저 위에 올려놓는다. 밥통 뚜껑을 닫고, 급식차 앞 문을 닫고 위의 뚜껑도 덮는다. 수저통을 급식 차 위에 올려놓는다. 마지막으로 바퀴 고정쇠를 off로 풀고 급식 차를 몰고 간다. 급식차가 교실에서 빠져나가면 교실 바닥과 책상 위에 남은 음식물을 물티슈로 정리한다. 대걸레를 빨아 교실 바닥에 남아있는 흔적을 정리한다. 즐거운 식사 시간은 이렇게 정리가 된다.

식사를 마친 후 몇몇 친구들은 교사인 나와 함께 화장실로 향한다. 학년 초에 치아 위생에 관한 수업을 진행했다. 하지만 여자 친구들 4명만이 점심 식사 후 함께 양치질을 한다. 반 친구들과 다 함께 이를 닦고 싶지만, 교사의 욕심이다. 4명의 친구라도 함께 해주어서 다행이다.

"선생님 저랑 같이하실래요?"

처음에는 친구들과 이를 닦는 것이 어색해서 같이 하고 싶지 않았다. 나의 치아 모양을 드러내는 것도, 물 들이켜는 소리도 시원하게 낼 수 없어 어색하기만 했다. 3개월이 지나고 나니 이제 눈치가 보이지 않는다. 오히려 화장실에서 개인적인 이야기를 나눌 수 있어 사이가 더 돈독해지는 것 같다.

"선생님, 괜찮아요. 천천히 드세요. 저희가 기다릴게요"

이를 닦는 친구들은 의리가 있다. 내가 점심을 조금 늦게 먹어도 기다려 준다. 친구들과 함께 이를 닦는 시간은 추억이다. 고등학교 때 친구들과 양치질하던 점심시간으로 나를 되돌려 주어 행복하

오글오글 씁니다

게 해준다.

    점심시간은 보통 남자친구들에게는 축구의 시간이다. 하지만 올해 우리 반 친구들은 운동장에서 뛰어노는 친구들이 적다. 공을 빌려주어도 3명 정도만 운동장으로 뛰어나가고 나머지는 교실에서 시간을 보낸다. 아이패드로 그림을 그리는 친구들도 있고, 교실 바닥에 앉아서 실내놀이하는 친구들도 있다. 마피아 게임을 비롯한 보드게임하는 친구들도 있다.

    오늘은 림보 게임을 시작했다. 줄넘기를 사물함에서 가져온다. 교실에서 가장 넓은 공간인 칠판 앞에 두 명의 친구가 마주 보고 선다. 줄넘기 손잡이를 양쪽에서 잡고 줄을 팽팽히 잡아당긴다. 림보가 시작되었다. 4명의 친구는 줄넘기 앞에 한 줄로 줄을 선다. 줄의 높이는 가슴 높이부터 시작이다. 한명 한명씩 등과 목을 뒤로 젖혀 줄 밑으로 통과한다. 친구들이 모두 통과했다.

    친구들이 교가를 부르기 시작한다. 역시 놀이에는 노래가 등장한다. 누구나 아는 노래라서 떼창을 하기에 좋은 것인지 우리 반 친구들은 교가를 자주 부른다. 높이가 점점 낮아진다. 이제 가슴에서 허리로 내려왔다. 허리도 목도 뒤로 젖히고 무릎까지 굽혀야 통과할 수 있다. 남은 친구는 이제 2명이다.

사물함 앞에서는 공기놀이가 진행 중이다. 3명의 친구가 공기놀이하고 있다. 다음 달에 있을 공기대회를 위해 준비하는 것이다. 학습 준비물로 공기를 구매하여 반 친구들에게 모두 나누어 주었다. 학급 공기대회는 개인전과 단체전으로 진행된다. 공기를 처음 접하는 다문화 친구들에게 한국 친구들이 공기를 연습시키고 있다.

"이렇게 던지라고."

"응."

"아니, 그게 아니야. 이렇게 던져야 잡을 수 있지."

운동신경이 좋은 친구도 공기를 던졌다가 받기는 쉽지 않다. 공기를 처음 접해보는 친구들인데, 포기하지 않고 공기를 배우는 친구가 대견스럽다. 그 옆에서 가르치는 친구는 더 대견스럽다.

점심시간을 마치는 예비종이 울린다. 아이패드를 하던 친구들은 그림 파일을 저장하고 아이패드를 정리함에 가져다 놓는다. 림보 하던 친구들도 아쉽지만, 줄넘기를 정리하고 자신의 자리로 돌아간다. 운동장에서 들어온 친구들은 물병을 들고 식수대로 뛰어간다. 땀이 범벅이 된 친구들은 오늘도 피구를 했나 보다.

"선생님 너무 더워요. 에어컨 켜주세요."

6월, 날이 점점 더워지고 있다. 에어컨 전원을 켠다.

5교시 시작하는 종이 울린다. 교사인 나도 점심시간이 5분만 더 있으면 좋겠다고 생각하는데, 친구들도 같은 마음일 것이다.

친구들과 떠들며 맛난 점심도 먹고, 보드게임도 하고, 양치질도 했다. 짧다고 하면 짧은 우리의 점심시간 50분은 이렇게 끝이 났다.

"친구들, 5교시는 음악 시간이에요. 리코더 꺼내 놓고 수업 준비해 봅시다."

교사와 학부모는 같은 편

어성진

어느덧 특수교육에 입문한 지 10년이 지났다. 10년 동안 아이들과 만나고 헤어질 때마다 하는 인사가 있다.

"사랑하고 축복해요."

아이들이 교실에 들어오면 수어와 구어로 사랑하고 축복한다고 이야기한다. 그다음에는 꼭 안아준다. 아이와 꼭 포옹하면 어느샌가 마음이 따뜻해지고 평안하다. 이렇게 하루를 시작한다. 몇 년 전만 하더라도 여학생도 안아줬다. 어느 날 보건 선생님이 말씀하셨다.

"선생님 혹시 조심스러워서요. 요즘 세상이 너무 험악해요."

많은 생각이 들었다. 2학년 아이를 안아주는데 성추행이 될 수 있다는 사실이 서글펐다. 나름 이차 성징이 오지 않은 여학생만 안아

췄는데 이젠 그마저도 할 수가 없다.

상처받은 학생을 안아줄 수 없는 현실이 너무 슬프다. 포옹은 나의 가장 큰 무기 중 하나이다. 사랑의 표현이자, 나의 마음 다짐이었다. 교직에 들어서는 순간부터 내가 만나는 학생은 내 자녀라고 생각했다. 최소한 담임을 맡은 1년 동안 아버지의 마음으로 가르쳤다.

'스승의 은혜는 어버이'라는 노래 가사가 있다. 스승이 제자를 자녀라고 생각하지 않고는 성립할 수 없는 가사다. 일반 학교에서는 구현하기 어려울지라도, 소수의 아이를 가르치는 특수교육에선 어느 정도 실현할 수 있다고 생각했다. 하지만 이제 나나, 다른 선생님도 사랑하는 아이를 마음껏 안아주거나 달래줄 수 없게 되어버린 현실을 마주할 때기 많아 마음이 아프다.

특히, 등교 전에 부모나 형제자매와 다투고 와서 기분이 안 좋을 때, 교사가 잠시 안아주면 아이들의 마음은 한결 가벼워진다. 학교에서 잘못했을 때, 지도 한 다음 안아줘도 좋다. 훈계만 해서는 아이들의 마음을 돌이키기 어렵다. 대부분 아이도 자기 잘못을 알고 있다. 하지만 나약한 인간이 어찌 아는 대로 살 수 있을까? 다 큰 어른도 쉽지 않다. 그렇기에 잘못된 행동을 교정하기 위해 지도한 다음에는 꼭 안아주며 마음을 녹여준다.

"그래, 너도 속상했지?"

"선생님도 좋은 말만 하고 싶지만, 널 사랑해서 혼낸 거야."

"그래도 너를 속상하게 해서 미안해."

학생도 자기 잘못을 알고 있고, 교사는 어쩔 수 없이 그 잘못된 행동을 교정하기 위해 단호하게 지도한다. 이가 썩고 있는데 그걸 지켜보고만 있다면 의사라고 할 수 없다. 아이들이 잘못된 행동을 하는데 가만히 있는 교사는 교사가 아니다. 법적 테두리 안에서 교사는 최선을 다해 아이들을 도와야 한다. 아이들의 마음을 어루만져 주지 않으면 교육의 힘은 약해진다. 결핍이 채워져야 교육이 아이들의 마음을 움직일 수 있다.

학생의 결핍을 사랑으로 채우려고 부단히 노력했다. 방학 때는 집에 초대하기도 하고, 함께 플로깅도 하며 때론 어르신들에게 도시락 배달도 했다. 그런데 유독 한 아이가 마음의 문을 쉽사리 열지 못했다. 자해하기도 하고, 아무리 지도해도 도저히 나아질 기미가 보이지 않았다. 지금까지 사랑으로 아이들의 마음의 문을 열었는데 이 아이의 마음은 도통 열리지 않았다.

어느 날, 이 아이가 반삭발을 한 채 등교했다.

이게 무슨 일인가 싶었다. 수업이 끝나고 아이와 상담을 했다. 어머니가 전날 밤 과음하시고는 무슨 일에선가 화가 나셨는지 아이의 머리카락을 잘라버렸다고 했다. 원인은 부모에게 있었다. 그때 깨달았다.

아…. 교사가 부모를 이길 수 없구나. 교사가 온 마음을 다해 사랑해도 집에 돌아가서, 가장 사랑받고 싶고, 인정받고 싶은 부모에게 상처받는다면 아무 소용이 없었다. 아이들은 무엇보다 부모의 사랑을 원했다.

학생은 교사 혼자서 변화시키기 어렵다. 한 아이를 키우려면 온 마을이 필요하다는 말이 있다. 한 아이를 잘 키우려면 교사와 학부모가 학생을 중심으로 긴밀히 소통하고, 서로 연합하여 아이를 교육해야 한다는 것을 절실히 깨달았다. 그때부터 어떻게 해야 가정과 소통할 수 있을지 고민했다. 처음에는 학부모 교육을 하려고 했다. 청각장애 전공 도서로 다시 열심히 공부하고 자녀 교육 도서도 많이 읽었다. 그런데 문득 이런 생각이 들었다.

난 장애인을 낳아본 적도, 키워본 적도 없다. 나름 사명감을 가지고 자녀라고 생각하고 있지만, 부모 입장은 다를 수 있을 것 같다. 교사가 잘난 체한다고 생각하거나, 아무것도 모르면서 속 편한 소리나 한다고 생각할 것 같았다. 고민하고 고민하다가 생각한 것이 바로 학부모 독서 모임이다. 내가 하고 싶은 말을 책으로 전달하면 더 효과가 있을 것 같았다. 부모가 교사보다 더 중요하다는 이야기는 부모님들과 신뢰 관계가 쌓인 다음 말해도 충분했다.

 학부모를 교육한답시고 번지르르한 이론을 떠드는 것이 아니라, 교사가 먼저 무장해제를 하고 부모님께 마음의 문을 여는 것이 더 중요하다. 떨리는 마음으로 가정통신문을 만들고 부모님께 전달했다. 감사하게도 어머님들이 좋아해 주시고 적극적으로 참여해 주셨다. 그렇게 시작한 학급 독서 모임이 다음 해엔 초등부 학부모 독서 모임으로 발전했다. 6학년 학부모님들께서 중등부로 넘어가도 독서 모임을 계속하고 싶다고 건의를 해주셨다. 그렇게 다음 해에는 전체 학부모 독서 모임으로 확장되었다.

 학부모님들과 함께 책 추천을 하고 투표하여 민주적으로 책을 선정했다. 읽은 책을 가지고 한 달에 한 번 모여서 독서 모임을 했다. 코로나가 터진 다음에는 온라인으로 모였다. 카카오톡으로 소통하다가 밴드를 만들고 함께 서평을 올리며 서로의 생각을 공유했다. 웃기도 하고, 울기도 하며 아이들을 중심으로 어머님들과 많은 이야기를 나누었다. 나 역시도 어머님들과의 대화를 통해 아이들을 더 깊이 이해할 수 있었다.

 주변 교사들이 왜 없던 업무까지 만들어 사서 고생이냐고 걱정과 조언을 해주신다. 학부모 독서 모임을 만들면 태평하게 책만 읽는 것이 아니다. 연초에 계획서를 작성해야 하고, 책을 선정하면 다시 기안문을 작성해야 하며 가정통신문도 만들어야 한다. 가정통신문을 모아 신청하신 학부모님을 단체 카톡에 초대하고 앞으로의 계획을 이야기한다.

책을 추천받아 투표하고, 결정하면 공지한다. 다시 책을 주문하기 위해 기안문을 작성하고 결재가 나면 책을 구매한다. 구매한 책을 유치부부터 고등부까지 해당 학생 담임에게 전달한다.

일련의 과정이 힘들 때도 있었지만, 학부모님과의 독서 모임은 힘듦을 이겨낼 만큼 유익했다. 독서 모임을 더 다채롭게 하려고 독서 모임 전에 간단하게 10~20분 정도 각자 관심 있는 주제를 발제하기도 했다. 나도 구성원으로서 자녀 교육이나 청각장애 관련 이야기를 나누었다. 처음에는 학부모님들이 자녀를 올바르게 사랑했으면 좋겠다는 마음으로 만들었는데, 독서 모임을 계속하면서 어떻게 하면 어머님들이 독서 모임을 통해 쉼을 얻을 수 있을까 고민했다. 때로는 간단한 마술을 배워 어머님들께 보여드리기도 하며 즐겁게 독서 모임에 참여했다.

요즘처럼 학부모와 교사가 적대적인 시기에 뚱딴지같은 소리로 들릴 수도 있겠다. 학부모 독서 모임을 하며 한 가지 확인한 것은 부모님들은 교사가 마음의 문을 열면 언제든지 들어올 준비가 되어 있다는 것이다. 모든 부모님이 그렇지는 못하겠지만, 다만 아이를 더 사랑하기 위한 부모님들에겐 좋은 기회가 되었으리라.

　학부모님은 학생의 인권을 이야기하고, 교사는 교권을 이야기한다. 서로의 권리만 주장하면 가까워지기 어렵다. 물론 몰상식한 학부모나 교사는 어디에서나 존재하기에 법으로 모두가 보호받아야 한다. 그러나 미리 상대에게 경계 태세를 보이고, 마음의 문을 열지 않으면 교사와 학부모 모두 힘든 길을 걸을 수 있다. 그리고 그런 교사와 부모 사이에서 가장 피해를 보는 사람은 학생일 것이다.
　교사와 학부모가 연합하여 학생에게 최고의 교육을 선사하는 일이 꿈같은 이야기일지 모른다. 꿈꾸지 않으면 사는 게 아니라는 노랫말처럼 교사와 학부모가 긴밀하게 소통하여 아이들의 마음을 따뜻하게 만들어 주는 꿈을 꾼다.

선을 넘는다는 것

손혜정

"엄마도 절뚝, 아빠도 절뚝, 비둘기도 절뚝. 세 식구가 다 절뚝이네."

수화기 너머로 엄마의 낮은 웃음소리가 들렸다.

한 달 전 아빠가 동네 공원에 운동하러 갔다가 비둘기 한 마리를 발견했다. 비둘기는 한쪽 다리를 절뚝거리고 있었고, 깃털이 다 빠져 등이 훤히 드러나 있었다. 거동이 불편해 눈앞만 빙글빙글 도는 녀석은 안쓰러울 정도로 앙상했다. 날지도 도망가지도 못하던 비둘기는 아빠의 두툼한 손에 안겨 집으로 왔다. 부산역 근처의 하늘을 날아 부산항의 너른 바다 위를 누볐을 비둘기의 주 무대는 인근의 작은 방, 더 작은 상자로 바뀌었다.

비둘기를 돌보는 두 사람은 비둘기와 닮았다. 한쪽 다리를 절고, 여기저기 아픈 곳이 많다. 다른 점이라면, 비둘기의 다리는 언젠가 회복되지만 두 사람의 다리는 평생 회복되지 않는다는 것이다.

"어제는 갑자기 날아올라서 잡으러 다닌다고 혼났네."

새로운 비둘기 식구 이야기를 한참 하던 엄마는, 비둘기에게 물을 주러 간다며 전화를 끊었다. 나는 언젠가 멀쩡한 모습으로 훨훨 날아오를 비둘기를 상상하며 부모님의 장애에 대해 생각했다.

대학교 시절 국어국문학을 복수 전공했다. 임용고시에서 복수 전공 가산점을 노린 것이었지만, 중고등학교 시절부터 문학 작품 이면의 사회상과 작가의 삶을 알아가는 과정을 좋아했다. 그리고 글을 쓴다는 것에 대한 로망이 있었다.

문예 창작 수업을 들을 때의 일이다. 학기 말 시험 대신 단편 소설 창작이 과제로 나왔다. 오래 고민하고 노력한 끝에 처음이자 마지막일 단편 소설을 완성했다. 알코올 의존증과 장애를 지닌 부모 밑에서 크는 20대 여자가 주인공이었다. 어려운 가정 형편에서 벗어나려 애쓰지만, 그녀를 둘러싼 사회경제적 자본이 빈약하기에 일어서려고 해도 발 디딜 곳조차 없는 모습을 소주잔 안에 갇힌 물고기로 표현했다.

과제를 제출한 다음 시간, 교수님은 한 여학생의 작품을 공개적으로 칭찬했다. 요즘은 글을 안 쓰냐며, 공모전에 도전하라는 재촉도 잊지 않았다. 그리고 소설이지만 작가의 경험과 시선이 녹아들기에 지나친 공상은 독자에게 공감을 불러일으킬 수 없다며, 그런 작품은 낮은 점수를 주었다고 말했다. 그런 작품에 내 것이 들어 있다는 사실은 개인 면담을 통해 알게 되었다. 교수님은 수업이 끝날 즈음 과제 점수를 알려 줬고, 점수에 대해 궁금한 점이 있는 사람은 교수실로 오라고 했다.

책으로 빼곡히 둘러싸인 교수실에서 교수님과 마주 앉았다.

내가 밤낮을 새며 온 마음을 담아 쓰고 지우고 다시 썼던 글이 왜 D인지 궁금했다. 내 글이 그렇게 이상한가? 어떤 부분을 고쳐야 할지 듣고 싶었다.

나에게 돌아온 대답은 예상 밖이었다. 주인공이 처한 환경과 등장 사건들이 지나치게 과장되어 있고 비현실적이라 공감하기 어려웠다는 것이다. 어두운 현실에 관해 얘기하고 싶다면 조금 더 현실에 빗대어 쓰라는 조언을 들었다.

'네.' 라고 대답하고 교수실을 나왔다. '제 이야기입니다.'라고는 말하지 못했다.

누군가에게는 장애와 어두운 가정 상황이 비현실적이며 특이한 장면으로 느껴질 수도 있다는 걸 깨달았다. 낮은 점수가 아니라, 내 현실이 부정당했다는 사실이 눈시울을 뜨겁게 했다. 하지만 입술을 꽉 깨물고 뇌의 가장 구석 자리로 이 상황을 밀어 넣었다. 그리고 누구도 건드리지 못하도록 위험 딱지를 붙여 출입 통제선을 단단히 쳤다.

그런데 학교에 발령받고 선을 넘는 경험을 마주쳐야 했다.
"너 애자나!"
아이들의 입에서 수시로 터지는 그 말이 자꾸 내 머릿속 선을 넘어 옛 기억을 소환했다.

교수실을 나와 걸었던, 햇살이 절반 드리워진 복도는 내가 매일 걷는 복도와 닮았다. 아무 생각 없이 '애자'라는 말을 내뱉는 아이들은 장애인을 비현실적 존재로 보았던 그 교수님과 닮았다. 그들에게 잘못이 있을까? 잘 모르겠다. 그들과 나 사이에는 보이지 않는 선이 있었다.

처음에는 교과서 같은 말로 아이들을 지도했다. 그것이 선을 넘지 않으면서 서로를 위한 방법이라 생각했다. 하지만 나의 레이더에 걸린 아이들은 운이 좋지 않은 것일 뿐, 수많은 아이의 일상 언어 속에 '장애'는 상대를 낮추기 위한 단어 중 하나일 뿐이었다. 그런 사실을 받아들이면서 아이들을 지도하는 것이 나를 지치게 했다. 어떻게 하면 아이들에게 '장애'라는 단어가 '장애인'이라는 인격과 삶으로 다가갈 수 있을까 고민했다.

"지금부터 랜덤 게임을 시작하겠습니다. 여러분들은 다양한 조건으로 다시 태어날 것입니다. 다시 태어날 때는 나이, 성별, 인종, 재력, 장애 등의 조건이 무작위로 결정됩니다. 게임을 시작하기 전, 이 말을 전하고 싶습니다. 여러분에게 랜덤 게임의 인물은 가상의 인물이지만, 동시에 현실의 누군가이기도 합니다. 진지한 태도로 임해 주세요."

내가 택한 방법은 수업이었다.

내가 나의 현실을 선택하고 태어난 것이 아니듯, 아이들에게 주어진 다양한 조건도 무작위로 주어진 것이다. 그렇게 주어진 조건이 현실에서 어떤 불편한 일을 만들어내는지 상상해 보게 하고 싶었다.

수업은 아이들이 다양한 조건으로 다시 태어난다는 설정 속에 시작한다. 그리고 PPT로 제시하는 상황을 함께 읽고 누가 불편한지 상상하고 말하는 과정이 이어진다.

"햄버거를 먹고 싶어 패스트푸드점에 갔어요. 키오스크를 사용하기 힘든데 아무도 도와주지 않아요. 나는 누구일까요?"

아이들은 시각 장애인을 떠올렸고, 나는 그것도 맞지만 더 상상해 보자고 했다. 그러자 아이들 사이에서 어린 시절 키오스크가 높은 곳에 있어 사용하기 어려웠다는 경험담이 나왔다.

"맞아, 맞아."

공감하는 아이들의 말을 들으며 부모님 이야기를 했다. 칠순을 넘긴 엄마가 구청에서 키오스크 교육을 받는다며 기뻐하던 얘기였다.

　"가난한 집에서 태어난 나는 사고 싶은 문제집이 있어도 부모님께 편하게 말하지 못해요. 나는 누구일까요?"

　아이들은 가난한 사람이라고 답했다.

　"맞아요. 그리고 선생님 이야기이기도 해요."

　나는 말했다. 그리고 부모님의 장애와 어려웠던 가정 형편 때문에 생겼던 불편한 일들을 고백했다. 할 말이 많았지만 입을 꾹 닫았던 교수실의 나를 버리고, 아무도 건드리지 못하도록 꼭꼭 숨겨두었던 선 너머의 기억을 스스로 꺼내왔다.

　다행히 나는 울지 않았다. 20년 전의 나처럼 입술을 꽉 깨물지도 않았다. 덤덤하게 이야기했고, 아이들은 진지하게 내 이야기를 들어줬다. 진심이 통했던 것일까, 아니면 내가 아이들의 현실에 들어가 있는 한 사람이었기 때문일까. 그 이후로 아이들은 애자라는 말을 하지 않았다.

　돌아보면 내가 만나는 사람들은 누구도 부모님의 장애를 입에 담지 않았다. 장애를 본 것이 아니라 사람과 삶을 봤기 때문이다. 그들에게 나의 부모님은 장애인이 아니라 친구이자 이웃이었을 뿐이다. 내 친구들에게 나는 과장되고 비현실적인 소설 속 주인공이 아니라, 당차게 삶을 살아가는 현실 속 인물이었다. 사람과 사람이 만난다는 건, 한 사람의 삶을 내 삶의 일부로 받아들이는 일이다. 타인의 삶이 내 삶으로 들어오는 순간, 눈에 보이는 구체성을 띤 현실이 된다.

지난 20여 년 동안 수십 번도 넘게 그날을 떠올렸다. 교수님께 '제 애깁니다'라고 말했다면 어떤 상황이 펼쳐졌을까. 아마도 수업 중에 마주했던 아이들의 눈빛과 같은 것을 보았을 것이다. 장애를 현실로 받아들이는 사람의 모습을 봤을 것이다.

선을 넘고서야 깨달았다. 나도 숨기고 싶어 했음을. 나의 현실과 삶을 더 많은 사람에게 이야기할 때, 보이지 않는 선을 넘어 그들의 삶에 들어갈 수 있음을 알게 됐다.

그래서 나는 오늘도 어떻게 하면 다양한 삶의 이야기가 아이들 속 경계선을 넘을지 고민하며 수업을 디자인한다.

아홉 살의 쉬는 시간

윤슬

'따라라 따라라라라 따라라라 따라라♪'

쉬는 시간 종이 친다. 아이들에게 화장실에 다녀오라고 말한 후, 다음 시간을 준비한다. 수업에 쓸 PPT를 확인하고 아이들이 낸 학습지를 살펴본다. 제출 안 한 사람을 불러 쉬는 시간에 하라고 일러두거나, 틀린 답을 쓴 아이를 불러 다시 알려준다. 40분 동안 앉아 있느라 힘들었던 아이들은 몸과 마음을 재충전하며 쉬는 시간 10분을 1시간처럼 알차게 보낸다.

쉬는 시간이 반쯤 지났을 무렵, 윤지가 화난 표정으로 다가왔다. 짝 준영이가 욕을 했다는 것이다. 2학년이라 교실에서는 욕을 하지 않는 아이들이었다. 밖에서는 어떻게 지내는지 몰라도 학교에서는 예쁜 모습을 보이려고 노력하는 아이들이라 욕을 했다는 말에 놀라 준영이를 불렀다.

준영이는 선생님이 왜 부르는지 모르겠다는 얼굴로 다가왔다. 윤지에게 욕을 했는지 물어보자 전혀 모른다는 눈치다. 윤지에게 어떤 욕을 했는지 물어보니 준영이가 가운뎃손가락을 들었다고 말한다. 준영이는 억울한 표정이다. 윤지가 엄지손가락을 들라고 했다가 검지를 들어보라고 했다는 것이다. 마지막으로 가운뎃손가락을 펴 보라고 해서 폈다는 게 준영이의 말이었다.

준영이는 순진하게도 윤지가 시키는 대로 했을 뿐이었다. 그게 무슨 의미인지도 모르는 듯했다. 윤지는 본인이 욕을 하게 만들었으면서 준영이가 선생님에게 혼났으면 하는 마음이었나보다. 윤지에게 준영이 손가락을 왜 들라고 했는지 물어보니 아무 말도 하지 않는다. 시킨 사람이 더 잘못했다고 말하자 큰 눈을 더 크게 뜨며 깜짝 놀란다.

정말 억울하다는 표정이다. 욕을 한 건 준영이인데 본인이 더 잘못했다고 하니 어디서부터 잘못된 건가 생각하는 눈치다. 선생님이 묻지도 않고 준영이를 혼낼 거로 생각했나 보다. 윤지에게 나쁜 행동은 친구에게 가르쳐 주지도 말고, 시키지도 말라고 조언했다. 준영이에게는 윤지가 알려준 게 나쁜 행동이니 다음에도 하지 않도록 알려주었다. 두 친구와 이야기를 끝내자, 수업 종이 쳤다.

다음 쉬는 시간에는 수정이가 와서 친구가 복도에서 뛰었다며 친구의 잘못을 이야기한다. 상대 아이가 오면 같이 이야기하자고 말한 후 돌려보냈다. 수정이는 선생님이 언제 이야기를 꺼내나 계속 기다리는 눈치다. 수업 종이 치자 수정이 사건을 까맣게 잊고 수업만 했다. 쉬는 시간이 되자 수정이가 와서 언제 이야기할 거냐고 묻는다.

'아차….'

얼른 수정이 사건의 상대방을 불렀다. 어찌된 일인지 알아보니 수정이가 학교 도서관에 가고 있는데 친한 친구가 다른 친구를 쫓고 있길래, 그 친구의 손을 잡고 냅다 뛰었다는 것이다. 자신이 친구를 쫓아가며 뛴 이야기는 쏙 빼고 친구가 뛴 이야기만 한 것이다.

수정이에게 친구가 혼나기를 바랐냐고 묻자 그렇다고 이야기한다. 자신이 뛴 내용을 선생님이 모를 줄 알았나 보다. 어린아이들이 숨바꼭질할 때 얼굴이나 머리만 숨기면 다 숨었다고 생각하는 것 같았다. 복도에서 뛰면 다치니 걸어 다닐 것을 약속하고, 친구의 나쁜 점은 흐린 눈으로 보고 좋은 점을 이야기하라고 말했다.

또 다른 쉬는 시간, 윤지가 화난 얼굴로 다가온다. 윤지에게 무슨 일이 있었는지 물어보았다. 준영이가 자기를 괴롭혔다는 것이다. 어떻게 괴롭혔냐고 물어보니 준영이가 잡아보라고 말하며 도

망갔다는 것이다. 윤지에게 잡으러 가시 않으면 되는 거 아니냐고 물었더니 또 눈을 동그랗게 뜬다. 친구가 도망가면 당연히 잡으러 가야 하는 게 초등학교 2학년의 행동인데 '어떻게 잡지 않고 가만히 있지?'라고 생각하는 얼굴이다.

한 번도 고민해 보지 않은 답이었나 보다. 윤지의 말과 다르게 준영이는 윤지가 잡으라고 해서 잡으러 갔다고 한다. 아이들도 윤지와 준영이가 즐겁게 놀고 있었다고 말했다. 자꾸 본인 상황만 이야기하는 윤지가 2학년 다웠다. 윤지와 준영이에게 친구가 싫어하는 행동을 하지 말자고 이야기하며 쉬는 시간을 마무리했다.

5교시 국어 시간에 마음 사전 만들기를 했다. '당황스럽다, 행복하다, 기대된다.' 등의 마음과 관련된 단어를 이야기하며, 단어와 관련된 경험을 이야기 나누었다. 준영이가 윤지와의 일을 이야기하며 당황스럽다는 마음을 말한다. 그 말을 듣고 윤지도 조금 미안해하는 눈치다. 이야기를 듣던 다른 아이가 준영이가 억울했을 것 같다고 말한다.

당황스럽다는 말에 덧붙여 준영이는 윤지와 사이좋게 지내고 싶은데 잘 안 된다고 한다. 윤지가 더 짓궂게 행동한 것 같은데 준영이가 넓은 마음으로 친구를 받아주어 고마운 마음이 들었다. 다른 친구들과도 다툼없이 지내는 준영이니, 곧 윤지와도 잘 지낼 것이라 믿는다.

　10분의 짧은 쉬는 시간에 나와 아이들은 정말 많은 일을 한다.
　화장실에 다녀오고, 물통에 물을 받아오기도 한다. 연필을 깎고, 손톱 거스러미를 뜯어 피 난 곳에 밴드를 붙이기도 한다. 우유를 나눠주고 마시며, 도서관에 가서 책을 반납하고 빌리기도 한다. 친구와 수다를 떨고, 다음 시간 준비도 하며, 숙제를 제출하고, 오늘 나올 점심 메뉴를 확인한다.
　쉬는 시간 덕분에 어려운 수학 시간도 버틸 수 있고, 그리기와 만들기 시간도 지겹지 않다. 10분의 쉬는 시간 덕분에 40분간 수업에 더 집중할 수 있다. 방학 동안 아이들의 키가 쑥쑥 크는 것처럼 쉬는 시간에 아이들의 마음도 건강해지는 것 같다. 아이들에게 쉬는 시간은 그 어떤 보약보다도 힘이 나는 명약이다.

　내일은 또 무슨 일이 생길까. 쉬는 시간마다 내게 새로운 이야기를 몰고 올 아이들이 눈에 훤하다. 아직은 배워야 할 것이 많은 아이기에 어떤 이야기로 배움을 이어갈지 기대가 된다. 어쩌면 쉬는 시간에 배워가는 것들이 진짜일지도 모른다. 쉬는 시간을 통해 아이들의 마음도 성장해 가길 소망한다.

나의 그녀들

장소영

'보고 싶다….'

예능 프로그램을 보며 웃다가, TV 속 그녀들과 닮은 나의 그녀들이 보고 싶어졌다. 내가 본 프로그램은 여자 연예인 네 명이 운전, 촬영, 요리까지 척척 해내는 모습을 담았는데, 어쩜 저렇게 합이 잘 맞을까? 궁금해졌다.

유심히 보니 그녀들의 찰떡같은 케미는 서로를 향한 칭찬에서 시작되었다.

여행을 위해 운전면허증을 딴 기특한 동생에게, 언니들은 "잘했다, 잘했다.", "너무 잘했다."라고 칭찬하며 동생의 어깨를 으쓱하게 했다.

숯에 불을 붙이느라 얼굴에 그을음을 묻힌 언니에게는

"언니, 너무 고생하시네요."라고 말하며 힘을 보태었다.

군데군데 태운 삼겹살을 먹으면서도

"식감이 너무 좋다. 넌 고기 굽는 자격증을 따야 해."라고 하며 수고한 동생을 비행기 태웠다.

라면을 설 익히면 면발이 탱탱해서 맛있다, 면발이 불으면 불은 라면이 내 취향이라고 말할 사람들이었다. 그녀들은 서로의 수고를 칭찬하며 인정해주었다.

나의 그녀들이 소환된 이유가 바로 '칭찬과 인정'이다. 이런 사람들과 있으면 일할 맛이 난다. 작년 동 학년 선생님들이 그랬다. 아, 처음에는 안 그랬다. 학년은 1학년인 데다 신규 선생님, 3년 휴직을 마치고 복직하는 선생님, 교감 발령 대기 선배님, 이렇게 세 분과 동 학년이 되어 기대 없이 시작한 학년이었다. 오히려 "고생하겠어요."라고 하며 주변 선생님들이 걱정했더랬다.

게다가 요즘은 동 학년과 교류가 많지 않아 옆 반 선생님에 대한 기대는 욕심이다. 다툼이나 마음고생 없이 지낸다면 다행이고, 폐를 끼치는 사람이 되지 않게 행동을 조심해야 한다. 1학년 아이들과 무사히 잘 보내기를 소원하는 동시에, 동 학년 선생님과도 별일 없기를 바라며 새 학년을 시작했다.

1학년 첫날, 반 아이들을 하교시키고 돌아오는 길에 선생님들과 눈을 맞추었다.

'고생하셨어요.'

눈 찡긋하는 그녀들의 웃음과 따뜻한 토닥임을 선물 받았다. 별일 없기를 바라던 동 학년 선생님 사이에 별일이 생겼다.

정글 같은 1학년의 3월을 보내며 우리 동 학년은 함께하는 시간을 자주 가졌다. 업무에 방해될까 문 한번 열기를 망설이는 나와는 달리, 교실 문을 벌컥벌컥 열고 들어오는 유쾌한 옆 반 선생님 덕분이었다. 우리 반 교실 문은 칭찬과 인정으로 무장한 그녀들에게 '열린 문'이었다.

"오늘 만들기 수업을 했는데, 제가 스무 개를 다 만들었어요."

"오늘 수업하는데 아무도 저를 보고 있지 않았다니까요."

"어제 체육 수업을 했는데 아이 다리에 알배었다는 민원을 받았어요."

오늘 너무 힘들었다 싶으면, 동 학년 선생님들과 꼭 만났다. 짧든 길든 동 학년 선생님들을 만나고 나면 '아, 이제 기분이 좋아진다. 오늘 힘든 게 아무것도 아닌 것 같다.'라고 하며 속상한 마음을 털고 다시 아이들을 만날 힘을 얻었다.

'나만 이렇게 힘든 게 아니구나! 그땐 그렇게 하면 되겠구나!'

동 학년 선생님들의 진짜 공감은 고통도 가볍게 했고, 우리는 행복한 마음으로 아이들을 만나는 선생님이 되어 갔다.

우리 케미의 가장 큰 비결은 '선생님, 정말 힘드시겠어요.', '선생님이니까 이렇게 잘하고 계신 거예요.'라는 인정이었다.

대개 동 학년 선생님이 모이면 '우리 반은 너무 힘들다'라는 불평을 많이 한다. 누가 누가 더 힘드나 우열을 가리려는 듯, 남의 말을 듣기보다는 내 말을 쏟아내려고 한다. 그런데 나의 그녀들은 서로의 이야기를 물어봐 주고, '선생님이 수고가 많으시다.'라고 인정해주었다.

'나는 왜 이리 부족할까?'

학급에 일이 생길 때 많은 교사는 자기 탓을 한다.

'내가 능력이 부족해서 그런 거 아닐까?'

남들이 수군거리는 것 같고, 나는 점점 작아진다. 하지만 아름다운 동 학년 선생님들과 함께하면 그런 생각은 원천 봉쇄된다.

"선생님이니까 이렇게 잘해나가고 있는 거예요."

비가 오면 우산을 씌워주었고, 바람이 불면 손을 꽉 잡아 흔들릴 수 없게 만드는 그녀들이었다. 교실 이야기를 공유하며 가까워진 우리 동 학년은, 만나면 웃음부터 나누는 사이가 되었다. 게다가 서로 칭찬하기 대회라도 하듯 서로를 치켜세웠다.

"모두 선배님 덕분입니다."

"능력자야! 능력자!"

"선생님 없었으면 우리 이렇게 못했어요."

오글오글 씁니다

"오늘 왜 이렇게 예뻐?"

"넌 너무 완벽한 신규야."

사실 칭찬할만했지만, 서로의 칭찬에 우리는 더 도와주고 힘을 보탰다. 덕분에 최강 동 학년이 되어 다른 학년의 부러움을 받고, 우리 스스로 '이런 동 학년 또 없다.'라고 기뻐했다.

이제 교실 문을 열면 눈 맞추며 웃어줄, 잘하고 있다고 칭찬해줄, 네가 최고라고 치켜세워줄 그녀들이 없다. 새로운 옆 반 선생님들을 만나, 내가 먼저 칭찬 폭격을 시작할 참이다. 작년에는 우리 교실 문이 열렸지만, 이제는 내가 교실 문을 열어보련다.

삶의 태도를 배우는 시간

이정은

    학교의 하루는 수업 시간과 쉬는 시간, 점심시간으로 나뉜다. 40분 수업 시간과 10분 쉬는 시간이 반복되며 바삐 흘러간다. 아이들에게 점심시간은 급식을 먹고 여유롭게 쉴 수 있는 시간이다.

    하지만 교사는 아이들처럼 여유로운 시간을 보내기 어렵다. 특히 1학년 담임에게 점심시간은 일과 중 가장 바쁘고 정신없다.

"선생님, 이거 까주세요."

"저도요. 선생님. 저도요!"

    아이들이 좋아하는 음료수나 짜 먹는 요구르트 등이 나오면 교사는 바빠진다. 밥을 먹다 말고 아이들이 후식을 먹을 수 있게 도와줘야 한다. 잘 먹고 있는지 점검하기 위해 순회는 필수코스다. 손이 야무진 친구는 스스로 후식을 까서 먹고 있다. 자신 것뿐만 아니라 친구 후식까지 까준다.

"와~ 스스로 너무 잘한다!"

칭찬을 아끼지 않으면 뿌듯한 미소로 선생님을 바라본다. 아이들 아우성으로 정신없는 와중에 스스로 하는 친구를 보면 그렇게 고마울 수가 없다.

아이들이 교사에게 도움을 받으러 올 때 꼭 물어보는 말이 있다. "한 번 스스로 해 봤어?"

도전은 성장에서 중요한 부분이다. 해 본 적 없으니, 전에도 못 했으니 아예 시도조차 안 하는 아이가 많다.

나는 한 번이라도 해 보도록 권한다. 시도했는데 잘되지 않으면 그때 교사에게 도움을 청하라고 한다. 도움을 받으러 왔을 때도 그냥 해주지 않는다. 어떻게 하는지 방법을 가르쳐주려고 노력한다. 아이가 스스로 해내는 성취감을 느끼길 바라서다.

점심시간이 얼마 남지 않은 상황에서 아직도 식사하는 친구가 있었다. 대다수 반 아이가 그 친구를 기다렸다. 급식실에서도 정리를 위해 시간을 독촉하니 내 마음은 바빠졌다. 급한 마음에 떠 먹여주기도 했다. 다 먹지 못하고 부랴부랴 교실로 내려오게 되는 경우가 잦아졌다.

식사 시간이 자꾸 늦어지는 이유가 궁금했다. 관심을 두고 그 친구를 지켜봤다. 우선 성격이 느긋한 편이었다. 숟가락으로 떠먹는 속도가 느리고, 씹지 않고 멍하니 있는 시간이 많았다. 식욕이 별로 없고 먹는 양도 적었다. 식욕은 어떻게 할 수 없으니 멍하니 있는 시간이라도 줄이는 게 필요했다. 그래서 그 친구 옆에 앉아 멍하니 있을 때마다 밥 먹을 시간이라고 이야기했다. 남은 시간을 말해주면서 조금 속도를 내야 한다고 알려주었다.

지금 해야 할 일을 상기시켜 주고, 시간 체크를 해주니 밥 먹는 속도가 조금씩 빨라졌다. 선생님이 눈짓으로만 말해도 정신을 차리고 먹으려고 노력했다. 신기하게도 점심시간의 연습이 수업 시간에도 변화를 불러왔다. 활동 시간을 넘기기 일쑤였던 이 친구가 시간 안에 활동을 마치는 경우가 많아졌다. 밥에 대한 집중력이 좋아졌듯이 수업 시간 집중력도 덩달아 좋아졌다.

"선생님, ○○이가 밥만 받아왔어요."

"다 싫어하는 거란 말이야."

오늘따라 나물과 매콤한 반찬 위주라 아이가 먹을 게 없었나 보다. 그렇지만 밥만 받아올 줄이야. 괜찮겠냐는 교사의 말에 아이는 고개를 끄덕인다. 당연한 이야기지만 편식이 심하면 면역력이 약해지고 성장에도 어려움을 겪는다.

예전에 가르쳤던 편식이 심한 친구가 떠올랐다. 면역력이 약해 자주 아프고 결석도 잦았다. 키나 덩치가 큰 편이었지만, 체력이 약하고 웃자란다는 느낌이 들었다.

엄마가 되어 가족 식사를 챙겨야 하는 입장이다 보니 누가 차려주는 밥이 정말 감사하다. 특히 급식은 영양소가 골고루 들어가게 만든 건강 만점 식단이다. 아이들이 먹지 않아 버려지는 음식을 보면 내가 다 속상하다. 교직 생활을 할수록 건강과 생활 태도 면에서 식습관이 중요함을 점점 느낀다. 어떻게 하면 아이들이 골고루 잘 먹을 수 있을까 고민했다.

처음에는 학급에서 골고루 다 먹기 대회를 열었다. 일정 기간 골고루 먹은 친구를 체크해서 상장과 함께 초콜릿 금메달을 선물로 줬다. 그런데 대회 기간에만 잘 먹다가 원래대로 돌아오는 게 아닌가. 그래서 골고루 다 먹은 친구 인증사진을 꾸준히 학급 SNS에 올렸다. 학급 SNS에 올리니 가정에서도 관심 있게 살펴보았다.

아이들은 선생님의 1차 칭찬과 더불어 부모님께도 칭찬을 받으니 더 기분이 좋았나 보다. 조금씩 남기던 아이들이 골고루 다 먹으려고 노력했다. 편식이 심한 아이도 새로운 반찬에 도전하는 경우가 많아졌다. 가정과 학교가 협력하니 아이들은 긍정적으로 변했다. 무엇보다 다 먹은 자신을 뿌듯하게 생각하는 게 가장 큰 교육 효과였다.

오늘도 나는 아이들을 위한 급식 지도를 계속한다. 조금이라도 골고루 먹이려는 교사와 먹지 않고 버티려는 아이 사이에 밀당도 생긴다. 어르고, 달래고, 칭찬과 보상을 주면서 아이의 식습관을 바르게 잡아보려고 노력한다.

때론 아이가 먹기 싫다면 먹이지 말아 달라는 학부모님이 계신다. 워낙 먹을 게 많은 요즘, 급식이 아니더라도 아이가 좋아하는 반찬으로 영양가 있게 먹을 수 있다.

하지만 삶에 대한 좋은 태도는 서로 이어져 있다. 좋은 식습관과 올바른 식사 태도는 좋은 학습 태도, 생활 태도로 이어져 아이들은 심적으로나, 신체적으로 건강하게 잘 자란다. 그래서 나에게 점심시간은 중요하다. 건강뿐만 아니라 긍정적인 삶의 태도를 기르는 시간이기 때문이다.

한창 배우는 아이들의 시간은 허투루 흘러가는 법이 없다.

모든 곳, 모든 시간에서 배우고 성장한다. 쉬는 시간에는 친구 관계에 대해 배우고 수업 시간에는 여러 교과 지식과 더불어 올바른 학습 태도, 마음가짐을 배운다. 점심시간에도 배움은 계속된다. 낯선 음식에 도전하는 태도, 골고루 먹으려고 노력하는 태도, 집중해서 식사하는 태도. 도전과 노력, 집중이라는 좋은 태도가 아이들 삶에 스며들어 더 멋진 사람으로 만들어 주리라 믿는다.

오글오글 씁니다

오늘도 난 노래를 튼다

임진옥

이 글을 읽을 때는 음악이 나와야 한다. 특히 원하는 노래는 노라조의 '형'이다.

삶이란 시련과 같은 말이야.
고개 좀 들고, 어깨 펴 짜샤.
형도 그랬단다.
죽고 싶었지만, 견뎌 보니
괜찮더라.

수업하러 국어 교과 교실로 학생들이 들어올 때, 음악을 깔아둔다. 선곡하는 일은 학생들 몫이다. 학기 초 첫 수업으로 '나만의 공책' 표지를 꾸몄다. 국어 수업에 임하는 자신의 좌우명과 그 이유, 혹은 읽고 싶은 책 목록을 적기도 했다. 마음을 따뜻하게 해주는 시나 노래 가사를 기록하기도 했는데, 이것이 참 좋았다.

시를 적는 학생은 거의 없었고 모두 노래 가사를 적었더랬다. 노래 가사 전체를 적지 않고 맘에 드는 부분만 적어도 된다고 했다. 공책 표지에 적어놓은 곡 가사가 꽤 괜찮았다. 적어놓기만 하기 아까워서 어떻게 하면 좋을까 생각하다가 수업 시작 전 모여 앉아 있을 때 노래를 틀어놓기로 했다.

번호 순서대로 한 명이 선정한 노래를 한 주 동안 듣게 된다. 선생님인 나보다 학생들이 먼저 교과 교실에 올 때가 있어서 노래 틀어놓는 것을 부반장에게 맡겼다. 반장은 대체로 바쁜데 부반장은 거의 명예직인 경우가 많으니 부반장이 관리해보자고 했다. 이번 주에 들을 노래가 누구의 어떤 노래인지 알아두는 담당자이다. 이렇게 맡겨 두면 선생님은 신경 쓰지 않아도 학생이 알아서 교과 교실에 와서 순서에 따라 노래를 튼다.

마음이 따뜻해지는,
나에게 힘을 주는,

다시 한번 해 보자는 마음을 갖게 하는.

학생들에게 제시한 노래 선정 기준이다. 예상하지 못했던 다양한 질문들이 있다.

"저는 우리나라 노래 안 들어요."

"잘됐네. 이번 기회에 우리나라 노래도 찾아보자."

"저는 아는 노래가 없어요."

"아는 노래가 없구나. 잘됐네. 배운다는 건, 안 해 보던 걸 해 보는 것이기도 해. 친구가 추천한 노래 들어보기도 하고, 인터넷에서 찾아보기도 하면서 알아보면 되겠어."

몇 차례 질문과 답이 오간다. '하기 싫다'를 대신하는 질문이 거의 바닥날 무렵, 학생들은 교실에 있는 탭을 이용해 각자 다양한 노래 가사를 검색하면서 조용해진다.

교사인 나에게도 새로운 노래를 만나는 좋은 기회가 되었다. 아이유의 〈아이와 나의 바다〉, BTS의 〈둘! 셋! (그래도 좋은 날이 더 많기를)〉, 디오의 〈괜찮아도 괜찮아〉, 잔나비의 〈꿈나라 별나라〉, 아이유의 〈드라마〉, 키의 〈Good & Great〉, 밍기뉴의 〈나의 모든 이들에게〉 등. 그중에서도 가장 인상 깊었던 노래가 노라조의 〈형〉이다. 아이들도 이 노래에서 따뜻함을 많이 느끼는지 반마다 한 명

씩은 꼭 이 노래를 선정하였다.

  맘껏 울어라, 억지로 버텨라.
  내일은 내일의 해가 뜰테니.
  바람이 널 흔들고, 소나기 널 적셔도,
  살아야 갚지 않겠니.

  국어 교과 교실을 학생들이 이렇게 기억해 주길 바란다. 마음을 따뜻하게 해주는 노래가 들리던 공간으로 말이다. 인생을 살다가 혹시라도 마음이 무너져 내리는 그날, 생각나는 노래 한 가락 정도는 있으면 얼마나 좋겠는가. 그 노래 한 가락처럼 '그래 다시 한 번 해 보자.' 마음먹을 수 있게 하는 디딤돌이 되어준다면 더욱 바랄 것이 없겠다.

  2023년 2월, 병원에 입원한 적이 있었다. 3주간의 아주 특별한 여행이었다. 나를 아는 주변 분들이 애절하게 기도해 주셨다. 넉넉한 사랑을 받던 때였다. 많은 분이 사랑을 쏟아부어 주시던 때였지만, 수술 후 중환자실에 있을 때는 혼자 감당해야 할 내 몫의 고통과 마주해야 했다. 그때 가지고 있던 유일한 물건이 핸드폰과 이어폰이었다. 이어폰을 통해 들려오던 노래와 함께 고통의 시간을 지나칠 수 있었다.

　좋은 이들과 함께 사는 큰 축복 속에 살아간다. 하지만 누구나 자기 혼자 감당해야 할 자기만의 고통과 마주해야 할 때가 있다. 노래가, 그 가사와 그 가락이, 나를 살리기도 한다. 참 힘이 들고 어렵지만, 그 터널을 통과하는데 좋은 친구로 같이 있어 주기도 한다.

　교실에서 오늘도 난 노래를 튼다. 마음이 따뜻해지는, 나에게 힘을 주는, 다시 한번 해 보자는 마음을 갖게 하는 노래를 튼다. 무한 반복을 해도 지겹지 않은 유일한 언어가 노래가 아닐까 싶다. 하루를 살아가는 학생의 마음에 따뜻함이 가득하기를, 행여나 실수하는 일이 있더라도 다시 한번 해보자는 마음이 일렁이길 바라면서 말이다.

2장

은밀하고 사적인
퇴근 후에

우리 가족의 문화 _이정은
활기 넘치는 줌바 어때요 _윤슬
나는 매일 아침 일기를 쓴다 _김진옥
두 번째 엄마가 운다 _임진옥
든든한 나의 빽, 블로그 _장소영
숨참고 프리! 다이빙 _손혜정
따뜻한 말 한마디, 칭찬과 감사 _어성진
너의 이름은 _김민수
살아있다는 것 _감지원
댓글 인연 _늘품
마음 읽기 _김미현

우리 가족의 문화

이정은

"오늘 정복할 산은 원수산이야."

우리 가족은 봄과 가을이면 등산을 즐겨한다. 세종시 근처에 있는 높이 200m 내외의 작은 산들은 다 한 번씩 정복했다. 등산 3년 차인 7살 둘째는 지리산 중간지점부터 정상까지 거뜬히 올라간다.

가족 등산의 좋은 점은 너무 많다. 자연을 좀 더 가깝게 느낄 수 있고, 여러 꽃과 나무를 보며 계절의 변화를 체감한다. 아이들의 체력이 좋아져 잔병치레도 줄어들었다. 가족과 도란도란 이야기하면서 걸을 수 있고, 정상을 향해 올라가는 과정에서 인내와 포기하지 않는 태도 또한 기를 수 있다.

아이들은 숲길을 자유롭게 놀면서 올라간다. 산마다 길의 모습은 다르다. 평탄했다가 험했다가 길의 난이도도 제각각이다. 아이들은 가파른 길에서 부모 도움을 받으면서 가다가, 평탄한 길을 만나면 자기들끼리 어깨동무하면서 가기도 한다. 삶의 과정이 등산과 참 닮았다. 사람마다 가는 길의 모습이 다르고 평탄한 시기가 있으면 험난한 시기도 있다. 그 과정을 누군가의 도움으로 넘어가기도 하고 으쌰으쌰 하면서 서로 힘을 보태주면서 가기도 한다.

아이들이 벌써 삶의 맛을 알 리 없다. 하지만 아이의 기억 속에 쌓여 있는 가족 등산의 경험이 어려운 순간에 힘을 발휘하리라 믿는다. 힘든 길을 올라가 정상에서 먹었던 맛있는 김밥, 가슴이 뻥 뚫리는 멋진 풍경, 힘들어도 포기하지 않고 해냈던 성취감. 이 모든 기억이 아이가 힘든 순간에 위로와 힘을 주면 좋겠다.

가족 등산과 더불어 우리 가족이 자주 하고 좋아하는 활동이 몇 가지 더 있다. 바로 자전거 타기, 바닷가 놀러 가기, 영화 보기다.

세종시는 자전거도로가 잘 되어 있다. 자전거를 타고 이곳저곳을 다녀올 수 있다. 우리 가족은 호수공원과 국립수목원에 자주 간다. 다른 마을의 놀이터 탐험을 다녀오기도 한다. 신나게 놀고 맛집에서 식사까지 하면 하루가 알차다.

자전거를 타고 여기저기 다니다 보니 우리 고장의 모습을 자연스레 익혔다. 아파트 단지와 그 주변이 전부였던 아이들 세상이 조금씩 넓어졌다. 3학년인 딸은 가족이 갔던 곳을 떠올리면서 사회 시간에 배우는 우리 고장을 즐겁게 공부할 수 있었다.

등산도 그렇지만 자전거 타기는 아이들과 함께할 수 있는 아주 좋은 활동이다. 움직여야 사는 아이들이기에 몸을 써서 온종일 놀다 오면 아이들의 만족감은 정말 높다. 차를 타고 멀리 나가 특별한 체험을 하지 않아도 가족과 함께하는 시간 그 자체만으로 아이들은 행복하다. 나 또한 아이들과 함께하는 자전거 나들이가 일상 속의 작은 여행처럼 느껴진다. 자전거의 적당한 속도감으로 주변 풍경을 눈에 담을 수 있고 시원한 바람을 맞으면 기분이 상쾌하다.

남편과 나는 새로운 곳을 찾아 나서기보다 어느 한 곳을 꾸준히 가는 편이다. 새로운 곳에서 낯섦이 설렘을 주기도 하지만 익숙한 장소가 주는 안정감을 선호한다. 서해의 작은 해수욕장은 우리 가족이 자주 가는 아지트 같은 곳이다. 해변의 규모와 사람 수가 적당해서 아이들과 편하게 놀기 딱 좋다.

당일치기로 자주 다녀오기에 여행 과정이 하나의 루틴처럼 되어 버렸다. 챙기는 짐이 정해져 있고, 도착해서 자리를 세팅할 때도 각자의 역할이 있다. 남편이 그늘막을 칠 때 아이들은 아빠를 도와 지지대를 잡아준다. 그늘막이 날아가지 않게 큰 돌을 가져와

팩 위에 올려놓는 것도 아이들 몫이다.

나는 아이들이 놀 장소에 파라솔을 꽂고 남편과 내가 앉을 캠핑 의자를 조립한다. 남편이 그늘막을 거의 설치하면 돗자리를 깔고 캠핑 의자를 그늘에 옮겨 놓는다. 아이스박스와 짐을 돗자리에 올려놓고 벌러덩 누우면 끝! 이제 파도 소리와 함께 마음껏 널브러져서 놀 수 있다.

아이들은 바닷물을 떠와 모래를 가지고 한참을 논다. 식당 놀이라며 모래로 뭔가를 열심히 만든다. 바닷물과 섞은 질퍽한 모래로 모양을 만들고, 고운 모래가 설탕인 양 체를 이용해 솔솔 뿌려 작품을 완성한다. 어떤 날은 터널을 만들어 자동차를 통과시키며 논다. 큰 구덩이를 파서 자기들만의 아지트를 만들기도 한다. 자유롭게 이 놀이 저 놀이를 하면서 모래의 촉감을 충분히 느끼는 아이들이다.

바닷물이 빠지면 온 가족이 채집통과 삽을 들고 게를 잡으러 나선다. 무섭지도 않은지 큰 게를 덥석 잡는 아들을 보면 반하게 되고, 큰 게가 많은 곳을 잘 찾아내는 남편이 왠지 멋져 보인다.

아이들과 바닷가에서 신나게 놀고 집으로 가던 어느 날, 남편이 이런 말을 했다.

"언젠가 우리 아이들이 커서 엄마 아빠랑 어렸을 때 자주 가던 이 바닷가를 떠올려주면 좋겠다."

남편의 말처럼 우리 가족의 추억이 담긴 장소를 아이들에게 만들어 주는 게 참 괜찮다는 생각이 들었다. 아마 아이들뿐만 아니라 우리 부부에게도 젊은 시절을 떠올려주는 추억의 장소가 되지 않을까?

　이 바닷가는 이미 나에게 정신적 쉼터 같은 곳이다. 가서 쉬다 보면 마음이 안정되고 딴생각, 헛생각이 들지 않는다. 시원한 바닷바람과 부드러운 모래의 촉감을 느끼며, 어렴풋이 들려오는 파도 소리에 집중하다 보면 온갖 근심이 사라진다.

　아이들의 몸 상태가 좋지 않거나 나갈 힘조차 없을 때, 혹은 날씨가 좋지 않을 때 우리 가족은 함께 모여 영화를 본다. 감동적인 가족 영화를 보기도 하지만, 주로 디즈니와 일본 애니메이션을 보는 편이다. 최신작부터 오래 된 명작까지, 영화 한 편을 보면 가족끼리 수다가 이어진다.

　"목걸이가 하늘을 날게 하다니 너무 신기해요."

　"엄마는 몸이 작아지면 어떨 것 같아요?"

　아이들은 영화 속 장면을 흉내내고, 영화와 관련된 놀이를 하며 즐겁게 시간을 보낸다. 추억의 만화 영화를 다시 보니 남편과 나도 새록새록 어린 시절 기억이 떠오른다.

　애니메이션 OST는 언제 들어도 좋은 음악이 많다. 가족끼리 여행가거나 집에서 노래를 들을 때 애니메이션 OST를 자주 듣는다. 첫째 아이는 〈스즈메의 문단속〉 OST가 좋아서 외우기도 힘든 일본어를 다 외워서 부른다. 단순한 영화 감상으로 끝나지 않고 영화를 통해 아이의 새로운 취미 활동이 생겼다. 배움의 영역이 넓혀져 가는 아이의 모습을 지켜보는 게 부모로서 참 흐뭇하다.

영화 보기는 남편이 좋아하는 취미다. 자전거 타기는 아이들이 좋아하는 활동이고, 바닷가는 내가 좋아하는 곳이다. 우리 가족이 좋아하는 여러 활동은 가족의 취향이 반영되어 어느새 문화가 되었다. 우리 가족만의 문화. 이 문화는 우리 가족의 시간을 풍성하게 만들고 우리만의 추억을 쌓게 해줬다. 그리고 가족 사이를 견고하게 해주고 일상을 열심히 살아갈 힘을 준다.

좋아하는 활동 외에도 가족의 문화로 만들기 위해 노력하는 부분도 있다. 첫 번째로 감사 이야기 나누기다. 잠자리에 같이 누워 오늘 있었던 일 중에서 감사한 일을 이야기한다.

"우리 딸과 아들이 있어서 감사해."

"엄마가 맛있는 저녁 차려주서서 감사해요."

"오늘 친구랑 같이 학원까지 걸어가서 감사해요."

서로 이렇게 주거니 받거니 하다 보면 기분 좋은 감정으로 잠들게 된다. 하루의 끝이 평안함으로 마무리되고, 내일도 좋은 하루가 될 거라는 기대감이 생긴다. 감사 이야기를 나눌 때, 아이는 가끔 속 상했던 일을 말하기도 한다. 부모는 아이의 마음을 어루만져 줄 수 있고, 아이는 부모가 공감해 주고 위로해 주니 마음을 풀고 기분 좋게 잠이 든다.

또 하나 노력하는 것은 가족 독서 시간 갖기다. 자기 전에 한자리에 모여 30분 정도 같이 책을 읽는다. 3학년인 첫째 아이와 마주 앉아 엄마는 엄마의 책을, 아이는 아이의 책을 읽는다. 한글을 잘 모르는 둘째는 주로 그림책의 그림을 본다. 아는 글자가 나오면 떠듬떠듬 읽기도 한다.

독서는 아이에게 만들어 주고 싶은 좋은 습관 중 하나다. 그래서 부모가 책을 읽는 모습을 보여주려고 부단히 노력한다. 언젠가 아이들이 커서 부모와 같은 책을 읽고 토론하는 게 내 로망이기도 하다.

아이들이 크면서 우리 가족은 새로운 문화가 생기고 없어지기도 할 것이다. 아이들의 성장과 더불어 변화가 있겠지만, 가족이 함께하는 시간은 꼭 있었으면 좋겠다. 그 시간은 우리가 좋아하는 것으로 채워지고 상대방의 취향을 맞춰주면서 가족 사이를 더 돈독하게 하리라 믿는다. 지금처럼 일상에 감사하는 마음을 가지며 함께 독서하는 가족 문화는 계속되었으면 한다.

활기 넘치는 줌바 어때요

윤슬

　두 아이를 낳고 흰머리와 뱃살이 늘었다. 흰머리는 염색으로 가리면 되지만 뱃살은 운동하지 않으면 없어지지 않는다. 첫째를 낳고 샀던 옷들이 둘째를 보고 나서 맞지 않았다. 이대로 있다가는 정말 퍼져 있게 될 것 같아 운동을 시작했다.

　운동을 시작하며 인바디 검사를 해 봤다. 예상대로 체질량 지수가 높게 나왔다. 인바디 검사결과지를 볼 때 체중과 골격 근량, 체지방량의 모양이 D자가 나와야 건강한 거라고 한다. 그런데 나는 항상 C자 모양이 나왔다. 근육량은 적고, 지방량이 많다는 말이다.

　출산 전에는 임신성 당뇨로 식이조절과 운동으로 건강을 유지할 수 있었다. 출산 후에도 건강에 신경 써야 했지만, 육아로 운동은 꿈도 꾸지 못했다. 둘째를 어린이집에 보내며 시간 여유가 생겼다. 그러면서 오전 시간에 운동할 곳을 알아보기 시작했다.

처음에 했던 운동은 요가였다.

몸이 굳어서인지 요가 동작을 따라 하기 힘들었다. 신나게 운동
하고 싶은 나에게 정적인 요가는 맞지 않았다. 체중감량은 둘째
치고 애 둘을 키우기 위한 체력을 기르기 위해서라도 운동을 해야
했다. 하지만 요가의 느린 움직임과 정적인 분위기가 맞지 않아
운동 가는 게 내키지 않았다. 요가를 억지로 다녀서인지 살은 하
나도 빠지지 않았다. 결국, 다른 운동을 찾아보게 되었다.

두 번째로 했던 운동은 PT였다.

전문적으로 훈련된 트레이너가 나의 신체 상태와 목표를 고려
해서 운동 계획을 세워주고, 운동 동작과 자세를 올바로 배울 수
있었던 것은 참 좋았다. 그러나 운동을 할 때마다 돈 내고 벌 받는
기분이 들 때가 많았다.

운동이 힘들어 '트레이너가 나에게 화풀이하나?'라는 엉뚱한 생
각을 할 때도 있었다. PT 시간 내내 여기를 벗어나고 싶다는 생각
만 들었다. 동작 하나를 할 때마다 시계를 보며 끝날 시간이 오기
를 기다렸다. PT로 몸은 건강해졌다. 그러나 운동이 즐겁지 않아
다시 다른 운동을 알아보았다.

다음으로 알아본 곳은 필라테스였다.

내가 알아볼 즈음 필라테스 학원이 여기저기 생겨 저렴한 가격으로 수업을 들을 수 있었다. 기구를 사용해 운동하니 요가보다는 덜 지루했다. 코어 근육을 단련해주고 유연성 증진에도 도움이 되었다. 그런데 저렴한 가격으로 운영하기 위해 1:7로 수업이 이루어지다 보니 수업 예약하기가 힘들었다.

갈 수 없는 시간에는 자리가 텅 비어 있었고, 운동하고 싶은 시간에는 마감이 되어 있었다. 사람이 많다 보니 자세 교정도 이루어지지 않았다. 강사의 설명을 듣고 동작을 짐작하며 잘못된 동작으로 운동하는 날도 있었다. 또 다른 운동을 알아볼 때가 된 것이었다.

이런저런 운동을 거쳐 현재 열심히 하는 운동은 '줌바'다.

처음 줌바라는 말을 들었을 때는 '아줌마'가 하는 운동인가 오해했다. 양손을 좌우로 흔드는 고속버스 춤인가 생각하기도 했다. 줌바가 우리나라 말도 아닌데, '줌마'와 어감이 비슷해 오해했다. 단어만 듣고 운동이 아닌 촌스러운 춤일 거라 생각했다.

줌바는 라틴음악과 K-pop 등의 다양한 곡에 휘트니스 동작을 결합한 운동이다. 남녀노소 누구나 따라 할 수 있다. 유산소 운동뿐 아니라 근력 운동까지 경험할 수 있는 운동이다. 동작이 간단해 운동의 부담감이 없어 지속하여 운동할 수 있도록 해준다. 또,

단체운동이라 함께 운동하며 사람들과 자연스럽게 친해질 수 있다. 신나게 춤을 추면 스트레스까지 해소된다. 이렇게 좋은 운동을 마음속이지만 깎아내린 게 미안하다.

줌바는 같은 동작을 여러 번 반복한다. 그래서 이번에도 이 동작이겠지 하며 혼자 다른 동작을 하는 때도 있다. 그럴 땐 민망하지만 당황하지 않은 척 빨리 강사님의 동작을 따라 한다. 다들 강사님을 보며 따라 하기 바빠서 나를 눈여겨보는 사람은 없다. 줌바를 할 때는 내가 아이돌이고, 유명 댄서이다. 다른 사람 시선을 의식하지 않고 내 동작이 최고라 생각하며 운동한다. 줌바 할 때는 절대 거울을 보지 않는다. 거울을 보는 순간 더 운동할 수가 없다. 개업식 때 볼 수 있는 에어 풍선이 앞에서 펄럭이며 흐느적거리고 있는 게 보이기 때문이다. 줌바를 할 때는 앞에 사람이 없다고 생각하고 운동을 해야 한다.

처음엔 동작을 따라 하는 게 매우 어색했다. 소심하게 따라 하다 보니 운동한 것 같지도 않았다. 사람들과도 조금 친해지며 동작도 조금씩 커졌다. 지금은 동작도 최대한 크게, 기합도 큰 소

오글오글 씁니다

리로 넣어가며 운동한다. 동작이 커질수록 자신감도 함께 커졌다.

쉬운 동작을 반복하기는 하나 노래가 빨라 따라 하기 힘들다고 하는 사람도 있다. 그렇지만 빠른 노래 덕분에 더 집중해서 참여하고 강도 높은 운동을 할 수 있다. 줌바 음악은 댄스 음악보다 조금 더 빠르다. 댄스 음악의 BPM(Beat Per Minute, 분당 박자 수)이 110~130인데 비하여 줌바 음악은 120~160이다. 설렁설렁 운동하고 싶어도 빠른 음악 때문에 뛸 수밖에 없다. 음악이 신나다 보니 운동 효과가 많은 건 물론이고, 스트레스가 풀리는 건 덤이다.

달리기가 좋은 운동이라는 건 다 알고 있다. 나는 줌바를 할 때 달리기 중이라 생각하며 운동한다. 실내에서 신나는 노래를 틀어 놓고 50분간 달리기 중이라고 생각한다. 무더운 여름과 추운 겨울, 비나 눈이 올 때 달리기하는 것은 어렵지 않은가. 줌바는 날씨와 상관없이 언제든 운동할 수 있다. 달리기하며 동작까지 넣어 운동한다고 생각하면 더 즐겁게 줌바에 참여할 수 있다.

혼자 운동하기는 쉽지 않다.

여럿이 함께하면 에너지를 더 크게 받는다. 다른 사람들의 기합 소리를 들으며 자극을 받을 수도 있다. 퇴근 후 몸은 지쳐있지만, 운동하며 다시 힘이 생겨난다. 준비물은 편한 복장에 운동화가 끝인 줌바. 노래에 맞춰 열심히 움직이기만 했는데 살도 빠지고 건강해지기까지 한다. 활기찬 운동을 찾고 있다면 줌바를 시작해 보는 건 어떤가.

나는 매일 아침 일기를 쓴다

김진옥

이른 새벽에 일어나 일기를 쓰는 것은 '갓생살기(신인 것처럼 완벽하고 모범적인 삶)'의 대명사인《미라클 모닝》의 한 부분으로 많이 알려져 있다. 일기 쓰기만 놓고 보면 나에게 있어 하루 일과 중, 중요한 부분으로 자리 잡은 지 꽤 오래되었다.

그 시작은 초등학교에 입학하며 쓰기 시작한 그림일기였다. 이어 초등학교 2~3학년 때 내가 쓴 일기에 정성껏 선생님이 적어준 피드백 덕분에 일기 쓰는 습관이 자리 잡았다. 중학생에서 대학생까지 일기가 숙제가 아닐 때도 계속 썼고 지금도 쓰고 있다.

그러다 몇 해 전《아티스트 웨이》라는 책을 만나 모닝페이지를 쓰기 시작했다. 처음에는 이른 아침에 한두 장을 쓴다는 것이 부담스러웠다. 그러다 곧 분량은 크게 신경쓰지 않기로 했다. 원래

쓰던 일기일 뿐 쓰는 시기만 저녁에서 아침으로 달라졌다고 생각
했다.

아침 일기를 결심하며 이것을 누군가와 함께 쓰면 좋겠다 싶어
교사 온라인 커뮤니티에서 회원을 모집했다. 2022년 6월 이후로
매일 아침 일기 쓰기 인증을 하고 있다. 자신이 쓴 일기의 내용은
적당히 흐리게 하되 날짜 스탬프를 찍은 사진을 오전 중에 온라인
커뮤니티에 올린다. 적당한 강제성을 위해 최소 인증 횟수를 10회
로 제한하고 있다.

매달 10회 인증을 충족하지 못하면 패자부활 임무를 부과하여
회원이 미션을 이행하도록 한다. 매일의 기본 미션은 아침 일기를
적당히 흐리게 찍어 올리는 것이지만 패자부활 미션에서는 글을
공개하는 것이 원칙이다. 이참에 자기 삶과 미래에 대해 잠시 생
각해 보고 정리하는 시간을 가졌으면 하는 마음에서 정했다.

미션 주제는 대강 이러하다.

30년 후의 나의 상황과 모습, 나는 ~하는 사람이 되고 싶어요.
친한 친구 소개와 좋은 점, 나의 장단점 3가지. 내 인생 최고 후회하
는 일 3가지, 내 인생의 행운 3가지. 좋아하는 책(혹은 영화)과 그 이
유, 나의 아끼는 물건과 이유, 내가 좋아하는 공간과 그 이유. 10년
전으로 돌아갈 수 있다면 나는 _____에 시간과 에너지를 이곳에
투자하겠다. 내가 요즘 하는 운동과 그것의 매력, 지금은 잘 못 하

지만 잘하고 싶은 것 3가지.

그렇다면 아침 일기에는 무엇을 쓰는가?

이름은 일기지만 머리에 떠오르는 것은 무엇이든 쓴다. 어제 있었던 일, 오늘 할 일, 머리 한편에 나를 괴롭히는 일, 미운 사람, 고마운 사람 마구 쓴다. 쓰면서 엉켜있는 생각과 감정을 정리한다.

손님을 맞이하기 전 집 청소를 한다고 생각해 보자. 일단, 집에 널브러져 있는 큰 물건들을 제 자리에 놓으며 정리한다. 그리고 청소기를 돌리고 바닥을 닦는다. 아침 일기는 대청소 과정에 비유하자면 큰 물건을 제 자리에 갖다 놓는 역할을 한다. 아니면 매일 아침 정신적 쾌변을 한다고 생각해도 좋다. 때로는 뭘 써야 하나 싶을 때가 있다. 그것은 어쩌면 내 삶이 순탄하게 흐르고 있다는 의미이기도 하다. 반대로 둑이 무너지듯 와르르 써진다면 그때는 어김없이 내 마음이 힘들고 복잡할 때이다.

여기에 더해 뭔가를 더 쓰고 싶은 날에는 미리 만들어 둔 긍정 확언을 쓴다. 나는 20개 정도를 적어두었는데, 매일 다 적기 힘들면 그날 끌리는 것을 2~3개 추려서 쓴다. 그중 몇 개만 얘기하자면 '나는 조용하고 품위 있는 카리스마가 있어 결국 사람들을 내 편으로 만든다, 나는 항상 좋은 말을 하고 부정적인 험담을 아끼는 사람이다, 내 주변에는 나를 도와주는 사람이 많다.' 등과 같은 것들이다.

그밖에 《하루 한 장 마음 챙김》이나 《하루 쓰기 공부》에서 끌리는 문구를 적는다. 책의 구성이 365일 하루 한 장씩 긍정의 기운을 북돋아 주는 짧은 글로 구성되어 있다. 물론 시간이 여의치 않으면 제목만 써도 좋다. 뭐든 자기가 할 만큼만 하면 된다. 중요한 것은 아침에 잠에서 깨자마자 매일 하는 것이다.

덧붙여 내가 듣고 싶은 나에 대한 칭찬, 내 상황과 처지에 감사한 점을 쓰기도 한다.

'그때 침착하게 말한 거 칭찬해.'

'일주일 동안 아프지 않고 일상을 꾸려낸 것 정말 대단해.'

'구슬 아이스크림이 나오는 급식이라니, 영양사 선생님 감사합니다.'

'나를 위해 그 많은 끼니를 챙겨주던 엄마 고마워.'

일기 쓰기 37년 차, 아침 일기 쓰기 3년 차인 내가 말하는 아침 일기 쓰기의 좋은 점은 이러하다.

삶의 방향성이 생긴다

매일 분주한 일상과 당장에 처리해야 할 일에 사로잡혀 살기 쉽다. 나도 모르게 '바빠 죽겠다.'란 말이 절로 나온다. 하지만 아침 일기를 쓰는 시간만큼은 나에게 집중할 수 있다. 깨자마자 생각을 쏟아내니 검열 없는 민낯의 내 마음을 가만히 들여다볼 수 있다.

'이럴 때 나는 크게 기쁘구나, 크게 속상하구나, 나는 이런 상황이나 사람이 유독 힘들구나, 나는 이런 쪽으로 나아가고 이런 쪽은 접어야겠다. 이걸 선택해야겠다. 이 말을 꼭 해야겠다.'

이와 같은 생각을 자연스레 한다. 그런 과정을 통해 삶의 방향성이 생긴다.

하루가 부담스러운 날 예행연습을 할 수 있다

가끔은 미운 사람에게 뭔가를 따져야 하는 날이 있다. 그럴 때는 그 사람에게 해야 할 말을 다 적는다. 쓰면서 감정이 솟구치면 욕을 한바탕 쓴다. 그리고 나면 마음이 개운해지면서 그 사람을 직접 대면했을 때 한결 담담하게 말할 수 있다. 이 점이 특히 나에게 많은 도움이 되었다.

예전의 나는 감정이 앞서 울거나 핵심을 말하지 못하고, 애매하게 웃어버리곤 했다. 누가 봐도 완전한 패배로 물러나야 했다. 인생은 연습 없는 라이브라지만 아침 일기를 통해 매일 리허설을 할 수도 있다. 그러면 감정적으로 되지 않으면서 담백하게 메시지를 전하는 근육이 조금씩 붙는다.

현명한 나를 믿게 된다

아침 일기를 쓰며 확신하게 된 한 가지가 있다면 '모든 지혜는 이미 내 마음속에 가지고 있다'라는 점이다.

사람은 누구나 불확실 속에 산다. 그리고 누군가 확신을 주기를 바란다. 아침 일기는 확신을 주는 그 누군가가 바로 자신이다. 매일 완전히 의식이 돌아오기 전 나의 고민을 주절주절 털어놓다 보면 어느 순간 너무나 자연스럽게 내가 어떻게 말하고 행동해야 할지, 어떤 관점을 취해야 할지 알게 된다.

항상 묘안이 퍼뜩 떠오르는 것은 아니다. 적어도 머리에 근심을 가득 안은 채 하루를 사는 사람과는 질적으로 다른 하루를 보낸다. 아침 일기는 나에게 질문을 던지고 그것을 찾아가는 내면의 활동인 셈이다. 그것이 종교에서 말하는 묵상이고, 기도이고, 명상이지 않을까 싶다.

내 감정을 알아차리고 표현하는 것이 수월해진다

그런 날이 있지 않은가. 아침에 눈 떴을 때 문득 떠오르는 사람.

'그때 그 사람 참 고마웠는데, 바로 말했어야 했는데 미안하다고 말을 못 했네.'

그러면 바로 일기에 쓴다. 불편한 마음과 고마운 마음을 마구 쓰

오글오글 씁니다

다 보면 사과를 해야 할지, 감사를 전해야 할지 명확해진다. 특히, 고마운 마음은 더 깊어져 통화로든, 마주치다 잠시 볼 때든 꼭 마음을 전한다. 맑은 물에 비치듯 투명한 내 마음을 볼 수 있고 그것을 표현한다.

사람마다 좋아하는 활동이 있다. 누구는 등산, 누구는 마라톤, 누구는 축구, 누구는 종교활동, 누구는 동물 돌보기 등. 남이 보기에는 그 귀찮은 걸 어떻게 하냐고 하지만 당사자는 그것을 통해 얻게 되는 기쁨이 크기 때문에 귀찮은지 모르고 지속한다. 아침 일기는 나에게 그런 활동이다.

특히 흔들리는 하루를 살아가는 심약한 영혼들에 아침 일기를 추천한다. 나 역시 그런 영혼 중 한 명이다. 아침에 일기를 쓰면 다정하고 속 깊은 나라는 친구를 마주할 수 있다. 모든 것을 털어놓아도 인내심 있게 들어주고 격려해 주는 친구가 매일 아침 기다린다.

두 번째 엄마가 운다

임진옥

"머리가 이게 뭐야. 왜 아프고 그래, 속상하게."

아빠의 머리에 딱정이가 있다. 동전만한 크기의 까무잡잡한 것이 서너 개 보인다. 마른 가지 같은 투박한 손으로 딱정이를 매만지던 엄마가 눈물을 뚝뚝 흘린다.

"괜찮아. 아프지 않아. 괜찮다고."

딸인 내가 보기에도 괜찮지 않은 딱정이가 머리 꼭대기에 시커멓게 앉아 있는데, 아빠는 엄마에게 계속 괜찮다고 한다.

2024년 4월 27일, 엄마 생신으로 네 남매와 딸린 식구들이 경기도 포천, 아빠가 살고 계신 집에 모였다. 요양 병원을 거쳐 지금은 요양원에 계시는 엄마도 거의 1년 만에 집으로 하루 나들이를 나왔다. 1년 전, 침대에서 떨어져서 허벅지 뼈가 부러졌다. 수술은 잘 되었으나 혼자 거동하기 힘드신 엄마는 집으로 돌아오지 못했다.

요양 병원에 계시는 동안, 아빠는 엄마를 지극정성으로 챙겼다. 혼자 계신 아빠를 홍천 집으로 모셔 일주일 같이 지낸 적이 있었다. 먼 길 오신 아빠, 맛나게 드시라고 전복장을 주문했다. 모두 20개 정도 담긴 전복장이었다. 아빠와 둘이 한 끼니로 열 개를 먹었다. 남은 것을 본 아빠는 사위 줄 거 다섯 개 남기고, 나머지 다섯 개는 싸달라고 했다. 당신은 맛있게 먹었으니 요양 병원 계시는 엄마 갖다 주자고 했다. 아빠 드시라고 주문했던 것이지만, 원하는 대로 해 드리는 것이 좋을 듯하여 그렇게 하겠다고 했다.

아빠를 포천 집으로 모셔다드리고 홍천으로 돌아와야 할 때였다. 아빠가 말려놓은 옥수수를 가져다가 커다란 빨간 대야에 놓았다. 한 알 한 알 따더니, 장날에 가서 강냉이로 튀겨왔다. 커다랗게 두 봉지를 만들어 한 봉지는 막내딸에게 주며, 가서 먹으라고 했다. 다른 한 봉지는 엄마에게 줘야겠다고 했다. 홍천으로 떠나는 딸에게 인사하고는 엄마 계신 요양 병원으로 횡하니 가셨다.

아빠의 지극정성이 통했던가. 요양 병원에 계실 때 엄마는 말이

어눌하고 사람도 겨우 알아보는 처지였다. 3월 말쯤 요양원으로 옮긴다는 말을 큰오빠에게 들었다. 아빠 계시는 곳에서 차로 10분 거리인 가까운 요양원이다. 생일잔치로 네 남매와 식구들이 모여 엄마를 집으로 모시었는데, 많이 좋아지셨다. 다리에 힘도 생겨서 보조기구를 이용해 걷기까지 했다. 말씀도 또렷하셨다. 작은아들에게 안기고 휠체어도 타면서 아빠가 계시는 집에 1년 만에 하루 나들이로 나오시었다.

아빠가 열심히 챙기는 엄마는 나에게 두 번째 엄마이다. 첫 번째 엄마는 내 나이 24살 되던 해 지병으로 돌아가셨다. 그리고 이년 후 아빠는 두 번째 엄마와 만났다. 아빠의 환갑잔치가 두 번째 결혼식이기도 했다. 두 번째 엄마를 모신 후, 나는 사귀던 사람과 혼인도 했고, 첫째 딸을 낳고, 둘째 아들을 낳았다. 두 번째 엄마가 계셨지만, 아빠가 사시는 포천에서 아빠와 함께 지내는 분일 뿐이었다. 혼인과 출산과 육아에서 도움을 요청할 엄마이진 못 했다. '엄마'라고 부르긴 하지만 내 마음속 엄마와는 다른 의미의 엄마였다. 아빠 곁에서 아빠와 생을 함께 하는 분, 두 번째 엄마.

오랜만에 찾아갔는데, 집이 너무 지저분했다. 분명 남편과 간다고 전화를 드렸는데 말이다. 속상했다. 농사지은 작물을 자녀들에게 주기는 하는데, 네 남매에게 골고루 나눠주는 모양새가 아니다. 받아도 그만 안 받아도 그만인데 말이다. 섭섭했다. 어느 때부터인 가 아빠에게 갈 때는 언니와 이야기를 나누고, 언니가 아빠에게 갈 때 나도 갔다. 언니랑 같이 가야 밥상에 먹을 것이 풍성했다. 몸 의 배가 아니라 마음의 배가 고파지는 것이 싫었다.

20명 가까운 사람들이 모여 밥도 먹고 이야기도 나누었지만, 아 빠의 머리에 까만 딱정이가 그렇게 많이 있다는 것을 아무도 몰랐 다. 딸인 나 역시 몰랐다. 아빠의 일상에 엄마가 살아계시는 것이, 아빠에게 큰 힘이 된다는 것을 알겠다. 아빠의 머리 위 딱정이를 보고 눈물을 글썽이며 속상해하는 분이 엄마이다. 혼자 걷지도 못 한다. 똥오줌 가리는 것도 스스로 못 한다. 집에 와서도 주로 침대 에 누워계시는 상황이다. 그런데 아빠의 딱정이를 보고 우신다.

엄마의 눈물을 보며, 내 마음에 쌓여 있던 속상함, 섭섭함, 서운 함을 밀어낸다. 그래, 그 눈물 하나면 되었다. 걸걸한 성격의 엄마 는 집 안 청소보다 밭일을 좋아하셨다. 폐 관련 수술을 한 후에도 담배 피우는 것을 좋아하셨다. 가을이면 찐 밤 까먹는 것을 좋아 하셨다. 그리고 아빠를 좋아하셨다. 그래, 그거 하나면 되었다. 아 빠 집에서 살림을 챙기는 것은 이제 있을 수 없다. 하지만 옆에서 지켜보니, 엄마의 눈물, 그 마음이 있으면 되었다 싶다. 차로 10분 거리, 아빠와 엄마가 떨어져 계시지만 서로를 보며 울어주고 웃어 주는 그 마음으로 남은 생을 사시게 될 것 같다. 두 번째 엄마가 운 다. 그래, 그거 하나면 됐다.

든든한 나의 빽, 블로그

장소영

"또 노트북 가져가?"

가족여행에도 노트북을 챙기는 나에게, 남편이 농담 섞어 핀잔을 준다.

"어, 가져가야 해. 없으면 안 돼."

내가 노트북을 백 팩에 넣어 억척같이 어깨에 메는 이유는 든든한 나의 빽, 블로그를 데려가기 위해서이다.

교사 성장 모임인 '자기경영 노트'에 참여했다. 모임에 참여하는 선생님들은 대부분 블로그를 운영하시고 활발하게 글을 발행하셨다. 나도 모임 후기를 쓰기 위해 소싯적 개설만 해놓은 블로그를 불러냈다. 사진 하나 올리고, 메모해 둔 글을 쓰고, 난생처음 해시태그를 붙였다.

두 시간 걸려 글 하나를 완성했다. 온라인 세상에 둥둥 떠 있는 글 한 편이지만, 나의 글이 생겨 뿌듯했다. 그 글을 보고 또 보고 싶어, 문지방 닳도록 나의 블로그를 방문했다.

첫 블로그 글인 모임 후기를 쓰고 나니 수업 기록을 쓸 공간과 읽은 책을 정리해 둘 공간도 필요했다. 그렇게 '2022년 1학년'과 '독서' 메뉴를 만들었고 일상을 보내며 떠오르는 생각을 붙잡아 둘 '하루하루'라는 메뉴도 만들었다.

나는 워낙 악필이라 일기는커녕 끄적여둔 메모도 내가 못 알아본다. 대학 시절 남자 학우가 네 글씨는 암호라고 내 필기를 거부한 적도 있었다. 그런 나에게 블로그는 기록이라는 문명을 가져다주었다. 이제 블로그 3년 차, 블로그를 시작할 때는 생각하지 못한 변화가 내 앞에 펼쳐졌다.

수업 기록을 담은 블로그

1학년 담임을 하면서 입학식 준비부터 집중 놀이, 문제 행동 지도 방법, 매일의 수업 계획과 결과물 등의 기록을 블로그에 담았다. 이전에는 교무 수첩에 알아보기 힘든 작은 글자를 빽빽이 써가며 수업 준비를 했더랬다. 그런데 블로그에는 영상 링크, PPT, 한글 파일까지 기록할 수 있었다.

작은 호주머니 같았던 나의 수업 기록 공간이 무엇이든 담을 수 있는 도라에몽의 신기한 주머니로 업그레이드되었다. 게다가 수업 후에 보완할 점을 기록해 두니 1학년을 다시 맡은 다음 해에는 수업 준비가 몇 배로 수월해졌다.

이렇게 차곡차곡 쌓은 수업 기록은 책으로 이어졌다. '내가 무슨 책을 쓸 수 있겠어?'라고 했던 나였지만, 2년간의 1학년 수업과 학급 살이 기록은 내가 보기에도 하찮지 않았다. '2022년 1학년'과 '2023년 1학년'의 두 블로그 메뉴는 《1학년 선생님을 위한 모든 것》이라는 책으로 성장했고, 1학년 담임 선생님 장소영은 '1학년 선생님들께 도움을 주는 키움 샘 장소영'이 되었다. 블로그는 평범한 선생님이 책을 쓰는 저자가 될 수 있도록 지원한, 든든한 빽이다.

소중한 시간을 기록하는 블로그

'무엇을 기록해야 하냐고요? 지금 사랑하고 있는 것들을 기록하세요. 우리가 사랑한 모든 것은 언젠가 사라질 테니까요. 하지만 우리는 기억할 수 있습니다. 기록해 두기만 한다면요.'

김신지 작가님의 《기록하기로 했습니다》 책을 읽고 그동안 모른

체했던 내 마음을 알게 되었다.

엄마의 목소리, 아빠의 걸음걸이, 남편의 우스개 농담, 아이를 안을 때의 포근함, 그 순간순간이 너무나 소중하다는 것과 기억하고 싶다는 내 마음을 듣게 되어 울었다.

기록은 알람이다. 내가 그들을 사랑한다는 사실을 잊어버리지 않게 때마다 울리기 때문이다.

기록은 펌프질이다. 소중한 사람과의 일을 글로 쓰면 그들을 사랑하는 마음이 차오르기 때문이다. 그래서 '하루하루'라는 메뉴 아래에 '엄마 아빠' 그리고 '아이를 키우며'라는 공간을 만들어 소중한 이와의 순간을 기록했다.

어느 날, 다리 통증이 너무 심해져 절뚝거리며 걷던 아빠가 전화하셨다.

"좀 나아졌다. 네가 욕을 봐서 하느님이 도와주셨는가 보다. 니 고생했는데, 니 기분 좋아지라고 전화했다."

아빠의 감사한 말을 붙잡아 감사한 마음을 블로그에 기록했다. 손수 키운 채소를 딸에게 주며 만족스럽게 웃으시는 엄마의 사진을 블로그에 담았다. 엄마와 말만 붙이면 날카로와졌던 나, 밤중에 걸려 오는 아빠의 전화에 마음 졸였던 나의 모습은 이제 옛날 이야기가 되었고, 지금의 나는 소중한 사람들과 더없이 행복한 날을 보내고 있다.

힘든 마음을 걸러주는 블로그

살다 보면 언제든 힘든 일이 불쑥 찾아온
다. 그럴 때마다 가슴이 철렁 내려앉는다.
덤덤한 표정으로 놀란 마음을 감추었지만
속은 타서 뭉개진다. 벌어진 일은 수습했지
만, 구겨진 마음은 울고 있다. 모두 잠자리에 드
는 까만 밤에 책상 전등을 켜고 블로그에 만남을 청한
다. 오늘 나에게 어떤 일이 있었는지, 얼마나 속상했는지 이야기
한다. 툭툭 탁탁, 손가락으로 글을 두드리자 블로그는 내 마음을
물어봐 준다.

"많이 힘들었지?"

"이제 괜찮아."

"어떻게 하면 될까?"

"오히려 잘 됐어. 남 탓할 것도 아니야. 오늘 한 것처럼 챙겨보면
될 거야."

뭉개지고 못생겨진 내 마음은 다시 제 모양을 찾는다. 이렇게 블
로그를 만나고 나서야 편히 잠을 이룬다. 블로그 덕분에 내 마음
의 건강한 모습을 지켜냈다.

블로그에 '좋은 나 되기'라는 이름을 지어주었다. 수업과 독서기

록, 소중한 사람과의 일상기록은 결국, '좋은 나'를 향해 가고 있었다. '좋은'이라는 평범한 형용사는 '일과 자기계발을 멋지게 해내는 나', '사람들과 행복하게 지내는 지혜로운 나'로 이끌어 주는 나의 블로그에 딱 어울리는 이름이다.

나는 오늘도 노트북을 펼쳐 블로그를 만난다.

좋은 블로그를 만나 '좋은 나'가 될 것 같다.

오글오글 씁니다

숨참고 프리! 다이빙

손혜정

'ㅁㅇㅇㅇ, ㅇㅁㅁㅁ~'

눈앞에 다가오는 거대하고 징그러운 생명체를 보고 겁이 나서 소리를 질렀다. 하지만 입을 열 수 없는 상황이었기에, 소리는 입 안에만 머물다 사라졌다. 흉측한 생명체는 점점 가까워졌고, 팔다 리를 휘저어도 그곳을 벗어나긴 힘들었다. 잡을 것이라도 하나 있 으면 그것에 의지해 방향을 틀어 볼 텐데. 어? 잡을 것을 찾았다. 바로 신랑 '최'였다. 나는 최의 왼쪽 어깨에 손을 얹고 있는 힘껏 거대한 생명체 쪽으로 밀었다.

'으믐므! 으믐므으으!'

찰나의 순간 최와 눈이 마주쳤고, 흔들리는 동공을 보았다. 그리 고 스노클을 따라 울려 퍼지는 그의 비명을 들었다. 하지만 물리

117

2장 은밀하고 사적인 퇴근 후에

법칙을 너무 잘 활용한 것일까? 나는 작용반작용 법칙에 따라 그곳에서 멀어지고 있었다. 최가 어찌 될지 돌아볼 여력은 없었다. 중요한 것은 나는 살아야 했고, 그는 수영은 못해도 해병대라는 사실이었다. 그리고 무적 해병은 살아 돌아왔다.

최는 술을 마시면 그때 얘기를 자주 꺼낸다.

"어떻게 신혼여행에서 신랑을 사지에 몰아넣냐? 나도 징그러웠거든!"

그렇다. 때는 신혼여행을 간 2014년, 장소는 그레이트배리어리프. 그곳은 오스트레일리아 북동해안을 따라 발달한 세계 최대의 산호초 지대다. 산호 400여 종, 어류 1,500종, 연체동물 4,000여 종 등이 서식하는 곳으로 유네스코 세계자연유산에 지정되어 있기도 하다.

이렇게 멋진 곳을 그냥 지나칠 수 있나. 우리는 체험 다이빙을 신청했다. 바다 한가운데 정박한 배의 계단으로 내려가 3~4m 속 바다를 체험하는 프로그램이다. 다이빙은 한 팀씩 차례로 진행됐다. 그런데 여러 사람이 물속에서 귀통증을 참지 못해 체험비를 날려야 했다. 다행히 우리 부부는 별다른 이상 없이 체험 다이빙을 했다. 비록 인솔자에게 목덜미를 잡힌 채 이리저리 끌려다니다 체험이 끝났지만.

오글오글 씁니다

문제는 체험 다이빙이 끝난 후, 자유시간에 발생했다. 스쿠버 다이빙에서 산호를 제대로 보지 못했던 터라, 스노클링을 하기로 했다. 구명조끼를 입고, 오리발도 신으니 둘이 손만 꼭 잡고 다니면 무서울 것이 없을 것 같았다. 하지만 웬걸! 바다 세계는 31년간 살아온 육지 세계와 크게 달랐다. 빨강, 파랑, 보라, 초록을 넘어 수많은 색의 산호 군락은 낯섦을 넘어 징그러웠다. 테이블 모양, 뿔 모양, 잎 모양 산호는 봐 줄 만한데 문제는 뇌산호였다.

뇌산호는 표면이 미로처럼 생겼고, 미로 무늬가 사람의 뇌를 연상시켜 뇌산호로 불린다. 뇌산호는 파도가 심하게 치는 곳이나 비교적 빛이 적은 곳에 사는데, 하필이면 어두컴컴한 바다에서 거대한 뇌산호와 마주친 것이다.

물속의 물체는 실제 크기보다 커 보인다고 했던가? 아니다. 그 녀석은 실제로도 컸다. 짐작건대 그때 내 눈에는 높이와 지름이 2m는 넘어 보였다. 상상되는가? 짙다 못해 검푸른 바닷속에 거대한 뇌산호라니. 기괴한 모습에 나도 모르게 헉! 소리가 나왔다. 그런데 왜 하필 그때 '신비한 TV 서프라이즈'에 나온 '미국 전역을 공포에 빠뜨린 바닷속 괴생명체' 같은 미스터리 영상이 떠오른 걸까? 거대한 몸체 뒤에 검은 무언가가 숨어 있다가, 다이버들을 심해로 끌고 간다던 그 산호. 맞다. 딱 그 산호 같았다.

가까워지는 뇌산호에 소스라치게 놀란 후의 이야기는 앞서 서

술한 대로다. 오남리 체육 문화센터 중급반에서 물속을 날아다니던 나는 겨우 살아 돌아왔고, 수영 못하는 해병대 최는 온갖 산호에 몸이 긁힌 채 살아 돌아왔다.

살아 돌아왔지만, 한 명은 마음에 다른 한 명은 온몸에 상처가 남았다. 아름다운 바다에 갔지만 목덜미를 잡힌 채 이리저리 끌려다니질 않나, 자유가 주어졌을 땐 낯섦에 기겁하지 않나. 어처구니없는 바다 세계와의 첫 만남은 계속해서 이야깃거리가 됐다.

이대로는 안 되겠다 싶었다. 바다를 제대로 누리지 못한 찾값을 치르고, 자유를 찾고 싶었다. 그래서 그해 겨울, 다시 한번 비행기에 올랐다. 이번 목적지는 이름하여 '다이버들의 성지, 세계 5대 다이빙 포인트' 보홀이었다.

A다이브 센터를 선택한 건, 다이브 센터 대표 때문이었다. 대표는 스쿠버 다이빙 강사 레벨 중 최상급인 '코스 디렉터'로 아시아 기록도 세웠던 사람이었다. 후기를 살펴보아도 스쿠버 다이빙을 제대로 배우려면 이곳을 택해야 한다는 글이 넘쳤다. 당시 연예인들이 군 생활을 체험하는 TV 프로그램이 유행이었는데, 흡사 군대처럼 수강생을 가르친다고 했다.

오전, 오후에는 해양 실습, 저녁에는 이론 강의를 해서 유흥에 빠질 위험이 적다는 것도 좋았다. 강사들이 휴가를 가서, 강사 교

오글오글 씁니다

육만 진행하던 대표가 스쿠버 다이빙의 '스'도 모르는 우리를 맡아 준다는 것도 행운이라 생각했다.

하지만 그와의 만남은 뇌산호만큼 커다란 상처를 안겨줬다.

"아니, 중성 부력을 왜 못 맞춰요!"

"그렇게 거칠게 숨 쉬면 탱크 바닥납니다!"

"물속에서 수직으로 상승하는 게 얼마나 위험한지 아세요?"

그렇다.

나는 태어나서 처음으로 열등생 대우를 받으며 교육을 받았다. 바닷속 세상이 낯설고 무서운 건 본능에서 오는 것인데, 강사는 도저히 이해할 수 없다는 표정으로 다그쳤다. '그렇게 입수하면 공기통 바닥이 배 모서리와 부딪쳐서 다이버가 위험하다, 물속에서 중성 부력을 못 맞추면 벽이나 바다의 산호를 망가뜨릴 수 있다, 갑자기 상승하면 감압 병이 와서 폐가 망가질 수 있다, 긴장해서 숨을 거칠게 쉬면 공기가 금방 떨어져 위험하다' 등등.

어디 그것뿐이랴.

다이빙하기 위해 입은 슈트는 몸을 조여왔고, 부력조절 조끼와 공기통, 허리에 감은 웨이트 벨트까지 모든 것이 거추장스럽고 불편했다. 입수 전에 파도라도 치면 30kg이 넘는 장비와 함께 고꾸라져, 배 밑으로 사라질 것 같아 두려웠다. 입에 문 호흡기를 놓치거나, 호흡기와 공기통에 연결된 호스에 작은 구멍이라도 생겨 위급 상황이 오면 어쩌나 겁이 났다. 긴장한 탓에 호흡이 거칠어져 마스크 안에는 습기가 맺혔고, 아름다운 바다 세계를 탐방하기는 커녕 한 치 앞도 분간하기 어려웠다. 강사에게 받는 심리적 압박과 장비에서 오는 육체적 압박 때문에 진퇴양난의 상황이었다.

그래도 시간은 흘렀고, 반복된 테스트를 거쳐 자격증이 발급됐다. 강사는 이제 편안한 마음으로 펀(Fun) 다이빙을 나가자고 했지만, 내키지 않아 거절했다. 내 마음이 펀(Fun)하지 않았기 때문이다.

그렇게 한국으로 귀국한 후 스쿠버 다이빙은 먼 얘기가 됐다. 몇 번의 경험으로 스쿠버 다이빙을 평가할 수 없지만, 나와 맞지 않는 스포츠라는 것은 확실했다. 나는 사람에게도, 장비에도 의존하고 싶지 않았다. 두 다리로 길을 걷고 산을 오르며 꽃과 나무, 자연을 즐기듯 내 힘으로 자유롭게 바다를 누비고 싶었다.

그래서였을까? 프리(Free) 다이빙이라는 스포츠는 이름부터 매력적으로 다가왔다. '자유로운' 다이빙이라니! 일상에서 느끼는 억압과 스트레스 때문이었을까. 아니면 기다란 롱핀을 신고 인어처럼 물속을 누비는 프리 다이버의 모습에 홀린 것이었을까. 이 정도 했으면 그만두어도 좋으련만, 매력적인 이름과 새로운 세상에 대한 호기심은 다시 한번 나를 바다로 이끌었다. 6개월 만에 다시 비행기에 올랐고, 이번 장소는 제주도였다.

신중하게 고른 다이빙 센터는 강사 1인이 전부인 작은 곳이었다. 강사님은 민머리에 날씬하게 뻗은 팔다리를 가졌고, 수도자 같은 분위기를 풍겼다. 아니나 다를까, 프리 다이빙에 빠져 세계 곳곳의 바다를 누볐고, 대기업을 그만두고 프리 다이버로 새로운 삶을 시작한 분이었다. 겉모습과 말 한마디 한마디에 평화로움과 여유, 자유인의 풍미가 느껴졌다.

나는 제주도 돌담 집에 머무르며, 고요한 하루하루를 보냈다. 아침이면 마당에 매트를 깔고, 새소리를 들으며 요가와 명상, 호흡법을 배웠다. 프리 다이빙은 호흡 장비로부터 자유로워서 'Free' 다이빙이라 불린다. 호흡 장비가 없기에 숨을 오래 참아야 물속에 오래 머무를 수 있다. 숨을 오래 참으려면 심리적 안정이 중요하므로 요가와 명상이 육지에서의 주요 훈련법이다.

아침 훈련이 끝나면, 따뜻한 햇볕을 가득 품은 제주 바다로 향했다. 허리 높이의 잔잔한 앞바다에서 얼굴을 담그고 숨을 참는 연습부터, 5~10m 바닷속으로 잠수해 들어가는 것까지 단계적으로 훈련했다. 조금씩 바다와 친숙해졌고, 바다도 나를 친절하게 받아주었다.

하늘을 이불 삼아 물속에 얼굴을 묻었을 때였다. 찰랑거리는 물에 둥둥 떠서 바닷속을 바라보는데, 수면을 통과한 햇살이 물속에 기다란 줄기로 뻗어있었다. 미동도 없이 눈동자만 굴리고 있으니,

이리저리 숨어 있던 작은 물고기들이 내 존재를 아랑곳하지 않고 노닐기 시작했다. 나를 바다의 물결과 하나라고 느꼈나 보다.

무중력 상태가 이런 것일까? 온몸에 힘을 빼고 바다에 몸을 맡긴 순간, 바다가 단단하게 내 몸을 받쳐주었다. 바다가 일렁이면 나도 함께 들썩였고, 바다가 흘러가는 방향으로 내 몸도 흘러갔다. 머릿속에 가득했던 잡념이 사라지고, 그 자리에 아무것도 들어가지 않았다. 모든 것이 텅 비었고, 그 공간에 내가 둥실둥실 떠다녔다. 주변의 소리도, 사람들도 느껴지지 않았다. 오롯이 바다의 품에 안긴 나의 존재만 느껴졌다. 이 감각을 자유라고 표현해야 할까?

물속에서의 황홀경을 경험한 뒤 나와 최의 버킷리스트엔 '고래상어와 프리 다이빙하기, 만타가오리와 프리 다이빙하기, 이집트 다합에서 지중해 만끽하기' 같은 것들이 추가됐다. 커다란 트렁크를 들고 유명 관광지를 돌던 사람에서, 단출한 배낭에 핀 하나 들고 둘만의 다이빙 포인트를 찾아다니는 사람이 됐다. 무거운 장비를 이고 지고 강사에게 끌려다니던 다이버에서, 자기 몸과 상대를 믿고 자유롭게 바다를 누비는 프리(Free) 다이버가 됐다. 나에게 딱 맞는 취미가 생겼을 뿐인데, 나의 세계가 확장됐고 자유로워졌다.

가끔 생각한다. 뇌산호에 놀랐던 순간 도전을 멈췄더라면? 보홀에서의 고된 훈련으로 다이빙은 이제 끝이라고 생각했다면? 아마

오글오글 씁니다

바다는 나에게 실패의 기억으로 남았을 것이다. 하지만 계속된 도전 덕에 실패는 경험이 되었고, 나의 세계는 육지에서 바다로 넓어졌다.

열흘 뒤, 다시 비행기에 오른다.

장소는 보홀이다. 햇수로 딱 10년 만이다. 다시 만나는 보홀 바다는 어떤 모습일까? 바다는 언제나 거기에 있었지만, 10년 전의 나와 지금의 내가 보고 느끼는 것은 다를 것이다. 이제는 오롯이 나의 힘으로 그 바다를 자유롭게 노닐겠지. 그리고 버킷리스트에 적힌 '보홀에서 자유롭게 프리 다이빙하기' 앞의 네모 박스에 자신 있게 체크 표시를 하겠지.

준비는 다 되었다.

하나, 둘, 셋, 흡! 숨 참고, 자유 속으로 다이빙~!

따뜻한 말 한마디, 칭찬과 감사

어성진

학부모 독서 모임에서 학부모님들과 자녀 교육에 대해 많은 이야기를 나눴다. 자녀 교육에 대해 무관심하면서 학부모님들께 가정이 학교보다 더 중요하다고 이야기할 수 없었다. 부모님을 교육하고 요구하기 전에 교사인 내가 먼저 가정에서 자녀 교육을 하는 사람이어야 했다.

가장 효과적인 자녀교육이 무엇일까 고민하다가 칭찬을 해주면 어떨까 하고 생각했다. 칭찬은 고래도 춤추게 한다. 그만큼 칭찬이란 상대방의 기분을 좋게 하고, 높이는 행위다. 서로 기분이 좋으면 가정도 화목해지고, 자녀도 부모가 하는 말을 더 잘 받아들일 것이다.

가정에서 먼저 아내와 함께 자녀를 칭찬했다. 말로만 칭찬하는 것보다 글로 남기면 나중에 추억거리가 되겠다 싶어 칭찬 노트를 만들었다.

저녁에 각자 자신의 할 일이 끝나면 모두 거실 책상으로 모인다. 나와 아내는 딸들의 노트에 정성껏 칭찬할 내용을 적는다. 서툰 솜씨지만, 항상 그림도 함께 그린다. 사랑하는 딸들과 눈을 맞추며 진심 어린 칭찬을 한다. 칭찬 후에는 꼭 안아주고 입을 맞춘다.

때론 바쁜 일상에서 칭찬 일기를 쓸 시간이 없었던 때도 있고, 칭찬할 거리가 도저히 생각 안 날 때도 있다. 애들 둘이 서로 싸우면 칭찬할 마음도 안 생긴다. 그럴 때는 의지를 다지며 더 칭찬할 거리를 찾았다.

신기하게도 자녀에 대해 더 깊이 생각하니 칭찬할 부분이 보였다. 사실, 문제는 자녀에게 있기보다 내 마음에 있었다. 자녀가 미운 마음이 생기면 평소엔 괜찮은 것도 다 마음에 들지 않았다. 자녀를 미워하는 마음이 문제였다. 부모 말을 잘 안 듣거나, 자매들끼리 싸울 때도 칭찬할 부분은 분명히 있었다.

자매들끼리 비록 싸웠지만, 결국 부모 말을 들어주고 서로 화해했다. 서로 화해한 부분은 칭찬했다. 정리를 잘 안 해서 방이 더러웠지만, 결국 부모 말을 듣고 방 정리를 했다. 방을 깨끗하게 정리한 부분은 칭찬했다.

칭찬하다 보니 자녀를 더 긍정적으로 보게 되었다. 자녀는 부모의 칭찬을 듣고 마음이 따뜻해졌다. 딸들을 칭찬하다 보니 나와 아내도 자녀들에게 칭찬받고 싶다는 마음이 문득 들었다. 딸들에게 칭찬받고 싶다고 이야기하니 아주 흔쾌히 칭찬을 해주었다. 처음에는 말로만 해주다가 글자를 배운 후로는 딸들도 노트에 정성스럽게 칭찬을 쓰고 그림도 그리며 '엄마·아빠 칭찬 책'도 만들었다.

감사는 인생을 행복하게 하는 열쇠다.

불평하지 않고 감사하며 살면 세상이 조금 더 밝게 보인다. 주어진 것에 감사하고 자족하며 살아갈 때 욕심을 부리며 사는 것보다 더 행복한 삶을 살 수 있다. 큰 것에 감사하기보다 작은 것에 감사하고자 했다. 자녀에게 요구하기 전에 부모가 먼저 감사 일기를 쓰기 시작했다. 이제는 가족 모두가 감사를 기록하고 이야기한다.

감사는 환경에 영향을 받는 것이 아니다. 감사할지 말지는 내가 결정하는 것이다. 수백억을 가지고 있어도 자신을 타인과 비교하며 항상 더 가지려고 하면 감사할 수 없다. 반대로 소유가 넉넉하지 않아도 주어진 것에 만족하면 감사하며 살아갈 수 있다.

칭찬과 감사를 주고받으니, 가정은 어느새 작은 천국이 되었다. 하루 동안 아무리 힘들고 어려운 일이 있더라도 가족이 서로 연합하고 칭찬과 감사를 나누면 다 해소되었다. 잠자리에 들기 전에 칭찬과 감사를 하니 자기 전에는 언제나 행복한 상태였다. 꿀잠은 당연한 선물이었다.

가정에서 하던 감사와 칭찬은 교실로 이어졌다. 가정과 학교에서의 모습이 일치해야 한다고 생각해서 학급 친구들과도 감사를 쓰고 나누기 시작했다.

칠판에 오늘 하루 감사한 부분을 적고 친구들에게 이야기하며 노트에도 기록한다. 교사가 먼저 시범을 보이며 꾸준하게 하면 처음에는 잘 참여하지 않던 친구도 곧 참여하게 된다. 감사한 친구들의 모습에서 행복이 비치면 그 빛이 다른 친구에게도 전해지고 교실 역시도 작은 천국이 된다.

학교에서뿐만 아니라 감사는 이제 내 삶의 전부가 되었다. 자녀 독서 모임, 교회 독서 모임 등 함께 하는 모임에서는 언제나 감사를 나누고 기록한다.

아이들의 감사는 순수하다. 작은 것과 주어진 것에 감사를 찾기 때문이다. 감사는 멀리 있지 않다. 주변 가까이에서 감사할 부분을 찾길 바란다. 하나하나 감사를 찾아가다 보면 어느새 세상 모든 것에 감사한 마음이 든다. 불평도 적어지고, 타인과 비교하기보다 자족하며 살게 된다.

어찌하다 보니 인간으로 이 땅에 태어났는데, 지금, 이 순간까지 존재한다는 것이 얼마나 감사한지 모른다. 또한, 인간은 태어날 때 아무것도 없이 태어난다. 걷지도 못하고 말도 못 한다. 그래도 지금은 무엇인가 가지고 있고, 걷고, 말하고 있지 않은가?

탄생에 대한 감사가 마음에 자리 잡으면 나머지의 삶은 보너스이기에 감사가 그리 어렵지 않다. 인생은 고통과 고난의 연속이다. 고통과 고난의 끝은 죽음이다. 죽음을 받아들이는 순간 삶의 무게가 가벼워진다.

우리는 내일 일을 알 수 없다. 내일이 아닌 잠시 뒤에 어떤 일이 일어날지조차 모른다. 내가 살아있을지, 죽어 있을지 모른다. 한 치 앞도 알 수 없는 세상 속에서 내가 할 수 있는 최선은 모든 것에 감사하는 것이다.

잠시 이 땅에 숨 쉬며 존재했음에 오늘도 감사하며, 서로의 장점을 바라보고 칭찬하는 가족이 되기를 꿈꾼다.

오글오글 씁니다

너의 이름은

김민수

tvN에서 방영한 〈알쓸신잡〉은 '알아두면 쓸데없는 신비한 잡학사전'이라는 의미로 다양한 분야의 전문가들이 지역을 관광하고 자신만의 통찰력으로 해설하는 방송 프로그램이다.

방송에서 셀 수 없이 쏟아지는 지식인들의 문답 속에서 박완서 작가와의 대화를 복기한 어느 출연자의 목소리가 뇌리에 박혔다.

'작가란 사물의 이름을 아는 자'

작가는 문학, 미술, 음악 등 다양한 예술 분야에서 창작 활동을 하는 사람을 이른다. 글을 쓰는 작가는 하고 싶은 이야기를 그림과 음악이 아닌, 오로지 글을 통해서만 전달한다. 꽃을 꽃이라고, 나무를 나무라고 써도 무방할 것 같은데 사물의 이름을 구체적으로 알 필요가 있을까. 질문이 계속 맴돌았다. 작가는 왜 사물의 이름을 알아야 한다고 했을까?

언어는 끊임없이 생성과 소멸을 반복한다. 그런 과정에서 사용 빈도가 낮은 단어는 자연스럽게 잊히고 사라진다. 혹자는 그만큼 새로운 단어가 생겨서 문제가 없지 않냐고, 잘 사용하지 않는 데는 이유가 있지 않겠냐고 할 수 있다. 하지만 명칭은 사라질지언정 사물은 그대로 남아있다. 작가는 작품을 통해 사물의 이름을 친절히 불러줌으로써 사물들 위에 쌓인 수북한 먼지를 털어준다.

망각이라는 먼지가 쌓인 사물은 무명의 '그것'이 돼 버린다. 대상에 관심을 가지고 이름을 불러줬다면 사라지지 않을 이름이었다. 신조어가 난립하는 가운데 구체적인 사물의 이름을 사용하지 않고 도외시한다면 언어의 다양성은 사라지고, 점차 투박한 표현만 남을 뿐이다. 결국, 소중한 우리말과 고유한 이름이 역사 속으로 사라져 버리는 것이다.

책을 읽거나 대화할 때 처음 듣거나 잘 사용하지 않아 잊어버린 단어가 나오면 나는 바로 메모하거나 사전에 검색한다. 단어와 어휘에 호기심이 많아 단어 수집벽이 있다. 어려서부터 공부에는 큰 관심이 없었지만, 세상에 궁금증이 많은 아이였다.

"아침은 왜 아침이야?"

"나무는 왜 나무라고 해?"

"절에서 화장실을 왜 해우소라고 해?"

돌아보면 내 끊임없는 질문이 귀찮았을 텐데도 애써가며 대답해 주신 분들에게 감사하다. 사물의 이름을 기억하고 어원을 유추하며 분석하는 것은 나의 관심사 중 하나로 자리 잡았다. 깨어 있는 동안에는 눈과 귀로 단어를 더듬는다. 재밌는 단어가 포착되면 싱글벙글 메모한다. 사물이나 상황에 딱 맞아떨어지는 적절한 표현을 발견했을 때 학자가 된 기분이다. 내 눈앞에 있는 것의 진정한 명칭을 알아냈으며, 나로 인하여 단어의 생명력이 더 길어졌다는 안도감도 든다. 사물의 이름을 모두 기억할 만큼 총명하지는 않지만, 사물의 이름을 기억하여 한 번이라도 더 사용하고자 한다.

벽과 바닥 사이

어려서부터 우리 집에서는 주기적으로 대청소를 했다. 삼 남매가 각자의 역할을 분담하지만, 나는 늘 손걸레 담당이었다. 손걸레의 물기를 쭉 짜고 곱게 접어 바닥을 문질렀다. 속도감 있게 바닥을 닦다가 바닥 모서리에 벽과 이어지는 딱딱한 판에 손가락을 자주 부딪쳤다. 딱딱한 걸레받이 위로 쌓인 먼지를 닦을 때, 문득 이건 왜 있을까 하는 생각이 들었다. 벽보다 조금 튀어나온 이 부분이 없으면 먼지가 쌓이지도 않을 텐데….

그 판의 존재를 한동안 잊고 지내다 자취할 때 비로소 자세히 들여다보았다.

'바닥 몰딩'이라 불리는 걸레받이는 벽지 밑부분이 더러워지거나 찢어지는 것을 방지하기 위해 생겼다고 한다. 물기가 있는 걸레로 바닥을 닦으면 걸레가 벽에 닿기 마련이다. 그럴 때 벽지의 손상을 걸레받이가 막아준다. 직관적인 이름을 가졌기에 쉽게 유추할 수 있었지만, 관심이 없었기에 오랜 세월 이것의 이름을 몰랐다.

걸레받이라는 명칭을 모른다고 해서 사는 데 문제가 생기는 건 아니다. 하지만 우리 주변을 채우는 사물의 이름을 알아가고 의미를 되새기면, 그 사물은 평소와 다르게 느껴진다. 한때는 청소하면서 걸레받이에 묻은 풀을 본 적이 있다. 도배하고서 묻은 풀이 제대로 닦이지 않은 모양이다.

이름을 알기에 한 번이라도 더 떠오르고 눈에 밟힌다. 가까이 다가가면 왜인지 각별하게 느껴진다. 가까이 가서 보기도 하고 상태는 어떤지 만져보기도 한다. 사람도 그렇지 않은가. 그들에서 너에게로, 너에게서 당신만의 이름으로 다가갈 때 그 사람의 의미는 더욱 특별해진다. 이름을 몰라서 불러주지 못할 뿐, 이름을 안 순간 사물이든, 사람이든 모두 특별하게 새겨진다.

오글오글 씁니다

문짝과 문틀에 하나씩

문짝은 문짝으로만 문의 역할을 할 수 없다. 문짝을 받쳐주는 기둥이 있어야 한다. 문기둥에 문짝을 달게 해주는 작은 장치를 문지도리라고 부른다.

〈표준국어대사전〉에 따르면 문지도리는 문짝을 여닫을 때 문짝이 달려있게 하는 물건이라는 뜻이다. 흔히 쇠붙이로 만들어진 지도리는 문짝에 한쪽을 달고, 문짝을 다는 문기둥 다른 한쪽에 단다. 그렇게 맞물린 여닫이문은 회전축이 생겨 마침내 문이 문다워진다.

지도리가 있어야 여닫이문이 제 역할을 할 수 있다. 지도리는 우리말이지만, 지도리를 뜻하는 한자가 따로 있다. 바로 樞(지도리 추)이다. 이 한자가 들어간 단어로는 중추(中樞)가 있다. 역사를 좋아하는 분이라면 중추원(中樞院)을 어렵지 않게 떠올릴 수 있을 것이다. '중추 기능', '중추 신경'과 같이 쓰이는 중추(中樞)는 사물의 중심이 되는 중요한 부분을 의미한다.

문에서 지도리가 없다면 그 문은 쓸모가 없다. 덩그러니 놓여 있는 문짝은 만화처럼 우리를 신비한 곳으로 이끌어 주지 않는다. 지도리라는 핵심 장치가 있기에 문이 문다워지는 법이다. 사물을 사물답게 만드는 물건은 당연히 중요하다. 지도리가 중심을 잘 잡고 있기에 문을 열기도 하고 닫을 수도 있다.

사물의 정체성을 빛내는 요소의 부재는 심각한 상황을 초래한다. 바퀴가 없는 자동차, 흑연 없는 연필, 자외선 차단 기능이 없는 선크림, 오렌지가 첨가되지 않은 오렌지 주스. 그야말로 재앙이다. 사라져 버린 대상을 다시 불러오기 위해서라도 이름을 기억해야 한다.

등을 보이다

등을 돌린 사람에게 말을 거는 건 어려운 일이다. 뒷모습만 보고 반가운 마음에 말을 걸었다가 다른 사람이라 당황했던 경험이 있다면 더욱 공감할 것이다. 그런 우리에게 자신을 헷갈리지 말라는 듯이 등에 이름을 써놓은 무언가가 있다. 바로 '책'이다.

학생을 대상으로 진행된 도서관 사용 방법 수업에 참관한 적이 있다. 책에 붙은 청구기호의 숫자와 한글, 알파벳이 어떤 의미인지 설명하셨다. 그리고 책등과 책배에 대한 설명으로 이어졌다.

우리는 흔히 책의 표지를 많이 본다고 생각하지만, 어쩌면 표지보다 더 많이 보는 건 책장에 꽂힌 책의 등이다. 책등에는 책을 꺼내는 사람이 쉽게 찾을 수 있도록 제목이 선명하게 적혀있다. 책의 페이지가 많으면 체격이 건장한 책이, 책의 페이지가 적으면 날씬한 책이 등을 돌리고 있다. 책이 등을 돌리는 건 우리를 등지겠다는 표현이 아니다. 오히려 자신을 드러내는 일이며 촘촘한 책장에서 자신을 얼른 꺼내 달라는 무언의 표현이다.

책배는 책의 페이지를 펼치는 부분을 말한다. 가름끈을 페이지에 끼워두지 않으면 엄지손가락으로 책배를 쓸며 원하는 숫자가 나올 때까지 넘겨야 한다. 가름끈이 있으면 원하는 페이지를 찾는 데 효율적이기는 하지만, 가름끈 유무와 상관없이 책배를 쓰다듬으면 기분이 좋아진다.

책등과 책배라고 이름을 지은 이유는 책이 사람과 비슷한 점이 있었기 때문이지 않을까 싶다. 갓 나온 책은 갓난아이처럼 뽀얗고 특유의 냄새가 난다. 아이가 어른이 되면서 점차 노쇠해지듯 책도 세월이 지나면서 곳곳에 주름이 생긴다. 그렇게 책은 사람과 같이 나이가 든다.

사물의 단어를 수집하고 이미 알고 있는 단어의 자세한 의미를 알아가는 일이 재밌다. 이름을 불러주고 의미를 되새기며 대상과 더 친밀해진 느낌 덕분일까, 평범한 일상 속 스쳐 가는 무수히 많은 단어를 붙잡아 나만의 장소로 데려간다. 그곳에선 단어들이 살아 숨 쉬고 이름을 불러주면 반갑게 맞이해 준다.

박완서 작가의 '작가란 사물의 이름을 아는 자'라는 문장을 곱씹는다. 사물의 이름을 계속 알아가고 싶다. 글로써 주물럭주물럭 세상을 만들어 가는 사람이라면 만물을 기억하고 적재적소에 배치해야 한다. 우리 일상을 빈틈없이 채우는 단어들이기 때문이다. 작가는 꺼져가는 단어의 불씨에 다정한 입김을 불어 넣어야 한다.

살아있다는 것

감지원

'살아있다'라는 느낌을 받아본 적이 있는가?

나는 살아오면서 딱 한 번, 아주 찰나에 느껴보았다. 이 글을 쓰고 있는 나도, 이 글을 읽고 있는 당신도 우리는 당연하게 숨 쉬고 있고, 살아있다. 그런데 왜 새삼스럽게 '살아있음'을 느낀 순간이 존재했으며 나에겐 단 한 번뿐이었는지도 의문이다. 아마 이 느낌을 생소하게 여기는 사람이 더 많을 것이다.

내가 살아있음을 느꼈던 그 찰나의 순간으로 돌아가 본다. 나는 한국 무용에 매력을 느끼고 이를 취미로 배우고 있었다. 그러다 보니 전통 예술 전반을 즐기게 되었다. 그러다 '아리랑 유랑단'이라는 아주 흥미로운 프로젝트를 알게 되었다.

전공자와 비전공자를 불문하고 한국 예술의 아름다움을 국내외로 알리고 싶은 사람들이 모여 외국에 나가 길거리 거리공연을 하는 것이었다. 그 프로젝트는 수행 과정에 드는 모든 비용을 자비로 부담해야 했다.

그래서 오로지 한국 예술의 아름다움에 매료되어 이를 널리 알리고 싶은 강한 열망을 가진 사람들이 모였고, 그런 공통점으로 서로 금세 가까워질 수 있었다. 프로젝트는 독일, 체코, 오스트리아, 헝가리에서 하루씩 묵으며 버스킹을 하는 일정이었다.

각 나라에 도착하면 팀별로 리허설을 한 뒤 버스킹 공연을 했다. 그 후 남은 시간엔 함께 저녁 메뉴와 여행 코스를 정했고, 공연 영상을 함께 돌려보며 피드백을 주고받았다. 그 과정에서 사소한 갈등이나 의견 차이가 생기기도 했는데, 서로 알게 된 시간이 아주 짧았기 때문에 당연했다.

목표는 같았어도 완성도에 대한 기준치가 달랐고, 비전공자들이 모였기 때문에 각자가 가진 역량도 천차만별이었다. 또한, 서로 어떤 성향을 지녔는지 몰라서 동작을 하나로 맞춰가는 동안 불편함을 마주하게 되는 것은 피할 수 없는 과정이었다.

그래도 '한국 문화의 아름다움 알리기'라는 공동의 목표와 '우리 문화예술에 대한 애정'이라는 공감대는 우리 사이를 돈독하게 다시 엮어주는 좋은 매개체였다.

버스킹 당일이 되어 광장의 관리자에게 사전에 허가받았던 사항을 다시 한번 확인하는 과정은 늘 조마조마했다. 이상이 없다면 단장이 마이크를 들고 공연을 소개하며 관객을 모집했다. 관광객이 붐비고 있는 광장 한가운데서 커다란 앰프를 통해 쩌렁쩌렁하게 울려 퍼지는 국악기의 리듬과 멜로디!

그 순간은 정말 짜릿했다. 세계 각지의 언어가 뒤섞인 광장을 날카롭게 가로지르며 이목을 끄는 태평소 소리, '둥, 둥, 둥'하며 심장을 크게 뛰게 하는 북소리, 절로 고개를 까딱까딱하며 리듬을 타게 만드는 장구 소리! 우리는 신명 나는 음악에 맞추어 소고를 두드리며 춤을 추었다.

공연이 끝나면 수많은 현지인, 관광객들이 전통 의상과 국악기에 관심을 가지며 질문하기도 했다. 타지에서 만난 한국인들은 우리에게 응원의 메시지를 전달해주었다. 그 짜릿함과 뿌듯함으로 우리의 사적인 불편함 따위는 애써 외면할 수 있었다. 그러나 점차 버스킹 여정 자체만으로도 몸과 마음의 피로가 쌓여갔다.

그렇게 복합적인 감정이 뒤섞인 여정들을 지나서 마지막 공연을 하는 헝가리에 다다랐다.

그날은 그동안의 버스킹과는 달리 어슴푸레하게 해가 지는 저녁에 공연하게 되었다. 마지막이라 다들 어느 정도 몸에 밴 능숙함과 여유를 가지고, 프로젝트를 마무리하는 홀가분함을 기대하며 공연에 임했다.

나 또한 이 프로젝트가 인생에 손꼽을 만큼 의미 있는 경험임에도 불구하고 체력과 감정 소모로 인해 은근히 마지막을 고대하고 있었다. 그런 우리의 마음을 한층 더 들뜨게 만드는 것이 있었다. 마치 우리 공연의 대미를 장식해 주려는 듯 이 전의 버스킹 보다 훨씬 많은 관중이 모인 것이다.

첫 순서였던 사물놀이팀이 광장 전체를 흔드는 듯한, 여느 공연 때보다 더 시원하게 트인 목소리와 끝내주는 합을 보여주었다. 관객과 팀원 모두의 흥분되고 격양된 마음이 온몸으로 전해졌다.

우리 팀의 순서가 되었다.

우리는 '이 여정의 완주를 앞두고 있다'라는 설렘과 그간의 묘한 껄끄러움도 '다 추억이 될 것이다'라는 확신이 담긴 눈빛을 주고받으며 서로를 격려했다.

음악이 시작되었다. 앞선 공연보다 훨씬 힘차게 소고를 치며 활짝 웃는 얼굴로 춤을 추었다. 그때 갑자기 내가 우주의 한 공간으로 떠오른 듯 이상한 느낌이 들었다. 진공 상태 같았달까? 태어나서 처음 느껴보는 낯선 느낌이었다.

우리가 춤추고 있는 광장을 둘러싼 이국적인 건물과 이곳을 비추는 노란 가로등 조명이 보였다. 광장을 울리는 소고 소리, 그 소리에 맞춰 쿵쿵 뛰는 내 심장 소리, 춤추는 내 발밑으로 유럽 광장의 울퉁불퉁한 돌바닥이 느껴졌다. 그리고 홀가분한 마음 덕분에

오글오글 씁니다

나의 몸이 어느 때보다 가볍고 자연스럽게 움직이고 있었다. 춤을 추는 동안 팀원들과 주고받는 애정의 눈빛, 국적을 뛰어넘어 우리 모두를 연결해주고 있는 신명까지! 모든 것이 완벽했다.

그때 나는 깨달았다.

나는 심장 소리 같은 우리나라 타악기 소리를 참 좋아한다. 나비처럼 가벼운 몸으로 한국적인 곡선을 만들어내는 이 무용을 참 사랑한다. 그리고 지금 나는 내가 사랑하는 것들에 흠뻑 빠져있다. '감상'으로 예술에 빠져보는 경험도 좋지만 내가 직접 느끼고 표현하며 예술 속에 존재하는 것, 내가 그 예술이 되는 순간이다. 황홀하다. 그 몰입을 느꼈다.

'아, 내가 지금 살아있구나.'

솔직히 새삼스럽긴 하다. 나는 살아있는 감각을 가졌기에 동유럽의 썰렁한 기온을 느꼈었다. 첫 공연 때는 인종차별적인 반응을 보고 불쾌함을 느끼기도 했다. 그런데도 새삼스레 떠오른 '나는 살아있다'라는 느낌은 어떤 것 때문에 생겨난 것일까.

살아있는 존재는 호흡한다. 살아있기에 성장(변화)한다. 아마 나는 호흡하고 심장이 뛰고 있음을 진동으로 느꼈을 것이고, 무언가 변화하며 성장하기도 했던 것이 아닐까.

나는 춤을 배우는 과정에서 그 동작 하나하나를 가르침 받은 그대로 수행해야 하는 '의무'로 여기곤 했다. 그래서 '틀리면 안 된다.'라는 생각에 자꾸 몸이 경직되곤 했었다. 얼마나 내가 그 강박에만 매달렸는지, 무용 선생님께 가장 자주 들은 말이 '지원님, 춤을 추세요!'였을 정도이다.

그런 내가 마지막 날 헝가리에서의 공연에서는 진정으로 '춤'을 추고 있었다. 외운 동작을 정확하게 몸으로 인출 하는 것에 연연하지 않고 리듬과 멜로디가 주는 흥에 녹아들었다. 그리고 나의 움직임으로 내가 이 음악을 얼마나 사랑하는지, 이 곡선의 미를 얼마나 동경하는지를 관객들에게 전달하고 있었다.

거기에 이 버스킹으로 한국의 전통 예술에 호기심을 갖게 된 사람들의 눈빛, 난생처음 접하는 예술임에도 몸을 흔들고 고개를 까딱거리며 우리와 공감대를 형성한 사람들의 기운이 더해지며 나는 어떤 확신을 느꼈던 것 같다. 그동안 동작을 그저 수행하기만 하던 내가 춤을 추고 있었다. 나는 변화하고 성장한 것이다.

누군가가 '살아있다'라는 느낌과 그로 인한 설렘을 느껴본 적이 없다고 한다면, 나는 그의 인생에서 적어도 한 번은 꼭 그 경험을 할 수 있길 진심으로 바란다. 살아있음을 다시 한번 느낄 수 있는 그때가 찾아온다면 그 순간을 충분히 만끽할 것이다.

눈앞에 보이는 풍경과 빛깔을 열심히 눈에 담고, 공기의 촉감에 젖어 들어 볼 것이다. 여러 가지 감정이 뒤섞인 언어적 비언어적 신호들을 주고받으며 오감으로 느껴지는 열정의 온도를 마음에 꾹꾹 새겨 넣을 것이다. 가끔 일상이 지루하고 건조해질 때면 내가 가장 사랑하는 것의 한 가운데로 몰입했던 그 순간을 다시 꺼내어 볼 수 있도록.

댓글 인연

늘품

'댓글 요정. 댓글 부대. 댓글 천사.'
모두 나에게 붙은 수식어이다.

불과 몇 달 전만 해도 SNS를 전혀 하지 않았다. 하고 싶은 마음
도 없었고, 필요성도 못 느꼈다. 올해 초 교사 성장 모임에 가입했
다. 모임 참가자 인적 사항 기록 시트에 SNS 계정을 적는 칸이 있
었다. 다른 사람들은 블로그, 인스타그램, 유튜브 등 SNS 링크를
빼곡히 기재했다.

나는 휴대 전화번호와 메일 주소 외에 아무것도 적을 수 없었다.
부끄러웠다. 다들 최첨단 인공지능 시대에 사는데, 나만 뒤처진 사
람 같았다. 뭔가 하나는 적어야겠다는 생각이 들었다. 블로그 만드

오글오글 씁니다

는 방법을 검색했다. 며칠을 공부하고 기능을 익혀 나의 블로그가 탄생했다.

내 생각을 글로 써서 발행하는 것은 쉬운 일이 아니었다. 개인적인 생각을 많은 이들에게 공개한다는 것이 조심스러웠다. 교사 모임 오리엔테이션을 마치고, 블로그에 처음으로 후기를 작성했다. 왕초보에게 매우 큰 용기가 필요한 작업이었다.

바로 댓글이 달렸다. 모임을 운영하는 리더였다. 올 한해 열심히 활동하고 성장하라는 응원이었다.

"2024 늘품샘, 포텐 터진다!"

교사 모임에 들어오면서 닉네임도 처음 만들었다.

'앞으로 좋게 발전할 성품이나 성질'을 뜻하는 순우리말 '늘품'. 교사 모임을 통해 성장하겠다는 의지를 담았다. 블로그에도 앞으로 발전할 '잠재력'의 의미를 표현하고 싶어, 주소에 'potential'을 넣었다. '늘품샘, 포텐 터진다.'라는 댓글이 신기하게 느껴졌다. 닉네임과 블로그에 담은 나의 마음이 댓글과 연결된 것 같았다.

블로그 글쓰기는 차츰 익숙해졌다. 그러나 여전히 다른 사람 글을 읽고, 댓글로 생각을 표현하는 일은 어려웠다. 김종원 작가의 《글은 어떻게 삶이 되는가》를 읽기 전까지는.

"차곡차곡 성장한다는 것은 차곡차곡 쓴다는 사실을 의미한다. 세상에는 같은 글도 그냥 스치고 지나가는 사람이 있고, 쓱 읽은 뒤에 '좋아요' 정도만 누르고 가는 사람도 있지만, 반드시 읽고 자기만의 느낌을 좋은 기운이 가득한 언어로 남기는 사람도 있다. 당연히 그들이 사는 세계도 다를 수밖에 없다. 보고 느낀 것을 쓰는 만큼, 우리는 더 나은 인간이 되는 법이니까."

보고 느낀 점을 쓰는 것을 통해 나의 삶이 더 발전할 수 있다고 했다. 용기를 내기로 했다.

다른 사람의 글을 읽고 그냥 스치고 지나가지 않기로 마음먹었다. 대충 읽고 '좋아요'만 누르지 않을 것을 다짐했다. 다른 사람의 정성스러운 글에 내 생각을 표현하는 댓글을 달기로 했다. 댓글도 나의 글이라 여기고 열심히 생각과 느낌을 표현했다.

나는 통합 학급 담임이다. 글쓰기 동아리에서 만난 특수 교사 '예스' 님의 블로그에 방문했다. 특수교육에 대한 철학과 교육 현장에서의 노력이 굉장히 전문적이고 아름답게 느껴졌다. 올해 완전 통합으로 특수교육 대상 학생과 온종일 함께 생활하며 어려움이 많다는 댓글을 남겼다. 예스 님은 통합 학급 담임들의 고충을 잘 안다며 응원하는 답글을 보냈다.

주고 받은 것은 댓글이 전부가 아니었다. 예스 님이 나에게 커피 쿠폰을 보내 준 것이 아닌가? 통합 학급 담임으로서 힘내라는 의미였다. 댓글 응원만으로도 충분했다. 아니, 교육 현장에서 진짜 힘든 것은 특수 교사이다. 내가 응원해야 하는 상황이었다. 그런데 도리어 선물을 받았다. 온라인에서 댓글로 마음을 나눌 수 있다는 것이 신기하고 감동을 자아냈다. 나도 마음을 다한 댓글로 누군가에게 힘이 될 것을 다짐했다. 댓글 인연은 이렇게 시작되었다.

매일 아침 필사를 하며 하루를 시작한다. 필사하며 떠오른 생각을 블로그에 형식 없이 자유롭게 기록했다. 필사에 대한 글에는 댓글이 거의 없었다. 그런데 '어린 왕자 100일 필사' 중반쯤 되었을 때, 글쓰기 동아리 회원 '샤방' 님의 긴 댓글이 달렸다. 필사 글을 잘 보고 있으며, 앞으로도 연재를 기다리겠다는 내용이었다. 그는 내 글의 '구독자'라 자칭했다. 내가 쓰는 글을 기다리고 꼬박꼬박 읽어주는 누군가가 있다니! 정말 감격스럽고 감사했다.

어린 왕자 필사 글은 의무 사항이 아니며, 안 써도 그만이었다. 그러나 100일이라는 시간 동안 글을 쓸 수 있었던 힘은 순전히 세상 유일무이 소중한 나의 구독자 샤방 님의 댓글에서 나왔다. 감사한 마음을 표현할 방법은 게시글과 댓글을 더 열심히 쓰는 것밖에 없었다.

이후 우리는 서로의 글을 읽고 장문의 댓글을 주고받았다. 샤방 님의 댓글 중 이런 내용이 있었다.

"선생님이 쓰시는 글을 읽으면 저절로 마음이 따스해지고, 소중한 사람이 된 듯합니다. 김종원 작가님의 말씀처럼, 글을 쓸 때 상대방을 사랑한다는 마음으로 임하시는 것 같아요. 그 마음이 독자에게 오롯이 전달되는 느낌을 받습니다."

이것은 내가 샤방 님에게 하고 싶은 말이었다. 그의 글은 진솔하고 깊이가 있었다. 삶에 대한 진지한 사색이 담겨 있는 글은 읽는 이로 하여금 그와 함께 생각하게 했다.

그는 형식적인 댓글을 쓰지 않았다. 다른 사람의 글을 제대로 이해하고, 글쓴이의 마음마저 헤아리는 세심한 댓글을 남겼다. 온라인상에서도 상대를 존중하는 예의 바른 표현은 '댓글 사용 표준 대사전'이라도 만들어 모든 사람이 배웠으면 했다.

댓글로 소통하다 보니, 샤방 님의 진심을 읽을 수 있었다. 그리고 함께 성장하고 싶었다. 필사 계획이 있다는 댓글을 보고, 필사책을 선물했다. 다양한 강연 및 연수에 열심히 참여하는 자신에게 '참여상'을 주고 싶다는 댓글을 보고, 상장 이미지를 만들어 보냈다. 우리 학급에서 한 활동을 자신의 학급에도 적용해 보고 싶다는 댓글을 보고, 활동 자료 파일을 공유했다. 글로 맺은 소중한 인연, 함께 응원하고 성장하며 지키고 싶었다.

오글오글 씁니다

우리는 글쓰기 동아리 다른 구성원의 글도 열심히 읽고 댓글 활동을 실천하고 있다. 매달 동아리 활동을 정리하며 시상식을 한다. 샤방 님과 나는 '댓글 요정'이다.

글쓰기 동아리 동지 '정감소녀' 님의 블로그에는 초등학교 3학년 딸의 엄마표 학습에 대한 글이 많았다. 나도 두 아이를 키우며 엄마표 공부를 경험했기에, 그 어려움을 잘 알고 있었다.

매일 꾸준히 가정에서 학습을 실천하는 엄마와 딸을 칭찬하고 싶었다. 그런데 정감소녀 님의 블로그에는 댓글 칸이 없었다. 아쉽지만 몇 차례 공감 하트만 누르고 나왔다. 그 시기 교사 성장 모임 카페에 정감소녀 님이 미라클 모닝 활동을 인증하고 있었다. 카페 댓글을 통해 그녀에게 블로그 댓글 활성화를 부탁했다.

며칠 뒤 글쓰기 동아리 온라인 모임이 끝날 무렵, 정감소녀 님이 말했다. 블로그에 댓글을 달 수 있게 해놓았으며, 나를 위한 글도 썼다고. 당장 그녀의 블로그에 들어갔다. 그녀는 글쓰기보다 댓글 관리가 어렵다고 했다. 댓글을 늦게 확인하기도 하고, 따뜻한 답글 달기가 어려워 댓글을 비활성화로 해놓았단다. 그런데 나의 요청에 따라 조심스럽게 댓글을 열어놓는다며, 자신의 글에 관심을 보이는 나에게 감사함을 전한다는 글이었다.

눈물이 났다. 정감소녀 님에게 어려운 일을 요청한 것이었다. 그녀는 무례할 수 있는 요구를 기꺼이 받아들이고 마음의 문을 열어주었다. 정말 고마웠다. 그리고 책임감을 느꼈다. 자주 그녀의 블로그를 방문하여 댓글을 달겠다고 약속했다. 활짝 열린 정감소녀 님의 댓글 창이 좋은 이웃들과 편안하게 소통하는 고마운 창구가 되기를 바랐다.

그녀는 이제 누구보다 빨리 댓글을 확인하고 따뜻한 답글을 단다. 꾸준히 루틴을 실천하는 나의 일상 글에 그녀는 매일 반한다는 댓글을 달았다. 정감소녀 님은 날마다 자신을 위한 감탄 일기를 쓴다. 나는 그녀의 자신감과 성실함에 매일 반한다는 댓글을 달았다. 우리는 댓글로 서로에게 반하는 사이가 되었다.

얼마 전 행복에 대한 필사 글에 정감소녀 님이 댓글을 남겼다. 혼자 두 아이의 육아를 감당하는 것이 유독 힘든 날, 내가 쓴 필사 글을 읽고 힘이 난다는 내용이었다. 소중한 이웃을 응원하고 싶었다. 커피 쿠폰을 보냈다. 퇴근하면서 시원하고 달달한 커피를 마시고, 힘내서 아이들과 저녁 시간을 보내라는 의미였다.

그녀는 커피 두 잔을 사서 남편과 진지한 대화를 나누었다며, 힘들고 서운했던 마음이 나아졌다고 했다. 댓글로 열린 마음, 응원이 필요할 때 작은 위로라도 보낼 수 있어서 다행이라고 생각했다.

매일 아침 좋은 문구를 필사한 후, 교사 모임 카페 '미라클 모닝

오글오글 씁니다

방'에 인증한다. 순식간에 여러 개의 응원 댓글이 달린다. 감사하는 마음을 답글로 남긴다. 그리고 다른 미라클 모닝러들의 글에 하루 행복을 기원하는 댓글을 단다. 모닝 댓글을 한 바퀴 돌리고, 모든 미라클 모닝러들과 인사해야 하루가 시작된다. 굳이 안 해도 되는 일이다. 그러나 언제가부터 꼭 해야 하는 일이 되었다.

미라클 모닝러들의 루틴은 다양하다. 독서, 운동, 필사, 글쓰기. 그들의 루틴을 통해 하루를 시작하는 에너지를 얻고, 나의 생활을 성찰한다. 그들의 응원 칭찬 댓글은 하루를 살게 하는 비타민이다. 건강한 신체를 위해 하루 권장량의 비타민을 복용해야 하는 것처럼, 미라클 모닝방 아침 댓글은 건강한 마음을 위한 하루 권장량의 비타민이다.

미라클 모닝방을 제일 오래 함께 지킨 '감사' 님은 나의 새벽 짝꿍이다. 일어나기 힘든 날에도 짝꿍을 생각하며 벌떡 일어난다. 그녀는 내향적인 성격이다. 그러나 댓글만큼은 재치와 유머가 넘친다. 새벽 짝꿍의 센스 만점 댓글을 읽어야 안심하고 하루를 시작할 수 있다.

맛있는 급식이 나오는 수요일을 좋아하는 감사 님 덕에 나도 덩달아 수요일을 기다린다. 한 번도 들여다본 적 없는 수요일 급식 표를 살펴보기까지 한다. 새벽 짝꿍의 미라클 모닝 200일, 300일까지 챙겨주는 감사 님은 늘품 나무꾼에게 금도끼, 은도끼를 선사한 산신령과 같다.

그날의 행사, 날씨, 기분에 알맞은 '오늘의 그림책'을 소개해 주는 '꽃다발' 님은 그림책 전문가이다. 매일 아침 그녀가 소개하는 그림책은 표지만 보아도 힐링이 된다. 항상 꽃보다 예쁜 댓글로 행복을 주는 꽃다발 님은 나와 공통점이 아주 많다. 서로 같은 점을 발견하고 공감대를 형성하면 우리는 댓글로 외친다.
"세렌디피티(serendipity)!"
완전히 우연으로부터 발견한 좋은 경험이나 성과의 공통점은 우리에게 행복한 하루를 선물한다.

누구보다 일찍 독서로 아침을 시작하는 '지구별 사랑' 님은 행복 전도사이다. 늘 밝은 에너지를 뿜어내는 그녀의 댓글은 읽기만 해도 웃음이 절로 난다. 지구별 사랑 님은 열심히 활동하는 나에게 반했다며 매일 댓글로 '늘뿅'을 외친다. 그녀의 1일 1회, 늘뿅을 들어야 하루를 잘 보냈다는 생각이 든다.

'충분' 님은 나의 댓글에 '호들갑 댓글'이라는 이름을 지어주었다. 항상 적극적이고 긍정적인 댓글에 힘이 난다며, 좋은 의미의 '호들갑'

이라 했다. 그녀도 나처럼 씩씩한 댓글을 쓰고 싶어 내가 남겼던 댓글을 메모장에 저장하고 생각날 때마다 꺼내 읽는단다. 긴 댓글만 모아도 책이 되겠다며, 나중에 나를 주인공으로 하는 댓글 모음 책을 써주기로 약속했다.

'엘프' 님의 아침 루틴은 다양하다. 요가로 시작하기도 하고, 책을 읽는 아침도 있다. 어떤 날은 요리하고, 산책하는 날도 있다. 그녀의 아침은 아무래도 아이들의 아침 활동에 영향을 받는 것 같다. 엘프 님은 아이들에게 최선을 다하는 좋은 엄마이다.

내가 사춘기 아들 때문에 힘든 내용을 쓴 편지를 미라클 모닝방에 인증한 날이었다. 엘프 님의 댓글이 달렸다. 딸 때문에 힘든 아침이었다며, 나의 편지가 위안이 된다고 했다. 멀고도 험한 엄마의 길, 함께 걸으며 힘이 되고 싶었다. 커피 쿠폰을 보냈다. 엘프 님은 나의 댓글 응원과 선물로 일주일을 완전무장할 수 있을 것 같다고 답했다. 우리는 오래오래 인연 맺으며, 함께 아이들 잘 키워보자고 약속했다.

미라클 모닝방을 처음 찾은 사람들은 쏟아지는 응원 댓글에 깜짝 놀란다. 들어올 때는 마음대로 들어올 수 있다. 그러나 나갈 때는 마음대로 나갈 수 없다. 아침 댓글 응원은 중독성이 있기 때문

이다. 긍정의 맛, 칭찬의 맛, 행복의 맛을 한 번 느끼면 미라클 모
닝을 멈출 수 없다. 댓글 수다로 매일 아침 만나는 우리는 '댓글 부
대'라 불린다.

'댓글 인연'이라는 이 글의 원고를 며칠 동안 썼다. 글이 술술 써
지지 않아 답답한 마음이 들 때, 엘프 님의 독서 미라클 모닝 인증
사진을 보고 눈이 번쩍 떠졌다. 바로 엘프 님께 댓글을 썼다. 인증
한 문구를 인용해도 되는지, 책 제목이 무엇인지 물었다. 엘프 님
이 알려준 책은 인플루언서 부아c의 《부를 끌어당기는 글쓰기》
였다.

"SNS는 승자독식이나 제로섬 게임이 아니다. 나누면서 서로 커지
는 구조이고, 이 구조를 잘 이해해서 SNS에 활용할 필요가 있다.
가장 쉽게 생각할 수 있는 것은 내 글에 댓글을 달아준 사람의 계
정에 들어가서 글을 읽고 나 역시 댓글을 달아주는 것이다. 이런
활동은 선순환을 만들기 때문에 각자의 계정에 도움이 된다. 이것
이 온라인 소통이다."

불과 몇 달 전만 해도 나는 SNS와 무관한 사람이었다.
글쓰기에 용기를 냈고, 댓글 쓰기에 더 큰 용기를 냈다. 어느 순

간 댓글 쓰기가 루틴이 되고, 일상이 되고, 삶의 활력소가 되었다. 《부를 끌어당기는 글쓰기》에서 말하는 '온라인 소통의 선순환' 안에서 살아가게 된 것이다.

나의 블로그 글 첫 댓글에서 2024년 터진다는 대단한 포텐의 정체를 정확히 알 수는 없다. 그러나 이것 하나는 분명히 터졌다.

"댓글 포텐."

글을 매개로 누군가와 소통하게 될 줄이야. 댓글을 통해 마음을 나눌 수 있다는 것이 신기하다. 온라인에서 만나는 나의 이웃들이 이제는 너무나 소중하다. 서로에게 긍정의 영향으로 작용하여 공감하고, 응원하고, 칭찬하며 삶을 풍요롭게 한다.

김종원 작가님은 블로그 글에서 "세상에서 가장 창의적인 활동은 '댓글 쓰기'이다."라고 말했다. 다른 사람의 글에 댓글을 쓰면 내가 보고 듣고 느끼지 못한, 타인의 깨달음을 순식간에 배울 수 있단다. 하루에 댓글 3개씩 3개월이면 지적 수준 자체가 달라진다고 했다.

댓글을 통해 나의 지적 수준은 분명 발전했을 것이다. 그러나 나는 향상된 지적 수준보다 더 귀한 것을 얻었다. 댓글로 맺어진 귀한 인연에 감사하다. 댓글 생활을 통해 내가 얻은 것은 결국 사람의 마음이었다.

마음 읽기

김미현

"마누라, 잠깐만!"

지난 주말 점심을 준비하고 있는데 남편이 나를 애타게 불렀다.

"왜."

남편이 오른손 검지를 펴고 다가왔다. 예전 영화의 주인공 ET가 손가락을 펴고 다가오듯, 영화의 한 장면이 떠올랐다. 내가 고개를 돌리자, 나의 머리에 오른손 검지를 올렸다.

"잠깐만 있어 봐."

"왜, 뭐 하는 거야?"

"마누라의 마음을 읽고 있지!"

"마음을 읽고 있다고?"

"아하. 하하하"

오글오글 씁니다

그냥 웃음이 나왔다. 남편은 30초 동안 그렇게 서서 내 마음을 읽었다.

며칠 전 남편이 편의점에서 있었던 이야기를 해주었다. 편의점에서 할아버지와 편의점 직원이 서로 목소리를 높이고 있었다. 이야기를 들어보니 할아버지는 어제 담배를 사 가셨다. 할아버지는 집에 가서야 담배를 잘못 사 간 걸 아셨다고 한다. 직원에게 담배를 환불해 달라고 하시는 중이었다. 직원은 어제 사 가실 때 사용하신 카드를 가지고 오셔야 환불해 드린다고 했지만, 할아버지는 그냥 돈으로 빨리 바꾸어달라고 계속 우기시는 중이었다.

할아버지께서 양보를 안 하시니 뒷사람들이 계산을 못 하고 서 있었다. 물론 남편도 뒤에서 기다리고 있었다. 남편의 눈에 할아버지의 상황도 안타깝고 직원의 마음도 안타까웠다고 한다.

몇 분 후 할아버지는 기분 좋게 편의점을 나가셨다. 편의점 안이 조용해졌다. 남편이 할아버지의 담배를 사드린 것이다. 남편이 보기에 직원도, 할아버지도 양보하지 않으실 것으로 판단이 들었다고 한다. 1일 1선을 행하는 남편이 상황을 마무리 지은 것이다. 할아버지의 마음도, 편의점 직원의 마음도, 뒤에서 기다리는 손님들의 마음도 모두 읽고 상황을 정리한 것이다. 다행히 담배를 살펴보니 회사 직원이 피우는 담배였다. 담배는 회사 직원에게 선물로 주었다고 했다.

"내가 이렇게 사람들의 마음을 잘 읽는 사람이야!"

"그래, 그런데 남들 마음 말고 옆에 있는 마누라 마음을 잘 읽는 건 어때?"

지난번 나의 투정이 떠올랐는지 남편은 내 마음을 읽는다고 오른손 검지를 펴고 다가온 것이다. 저렇게 손가락을 펴고 마음을 읽는다고 다가오니 재미있고, 갈등 상황을 유하게 마무리한 남편이 멋져 보였다. 나도 손가락을 내밀어 남편의 마음을 읽는 행동에 동참해야 했는데 아쉬움이 남았다.

며칠 전 어머님께서 김치를 해주셨다. 매번 힘드신데 김치 담그지 마시라 해도 또 해주신다. 작년 가을쯤이었다. 그날도 여러 반찬을 들고 오셨다. 반찬을 꺼내어 놓으시며 표정이 좋지 않으셨다.

"다른 며느리들은 반찬 해주면 싫어하고 버린다는데 너도 그런 거 아니지?"

"네, 어머님 저는 안 그래요."

"너 사실대로 말해봐라. 다른 며느리들은 반찬 해주면 귀찮아한다는데 너도 그러는 거 아니냐?"

'저는 아니에요.'라고 말하려다 망설였다. 어머님께서는 평소 '나도 속상한 것 다 말하니, 너도 속상한 것 있으면 즉시 말해라.'

라고 말씀을 하시기 때문이었다.

"어머님, 그런데요. 왜 물어보시는 거예요? 저라면 며느리에게 그런 것 안 물어볼 것 같아서요."

순간 어머님은 5초 동안 멈춤이었다. 예상하지 못했던 대답과 질문에 많이 당황하신 듯했다.

"어머님, 저라면요. 다른 며느리가 그러면 우리 며느리도 그렇겠다고 생각하고 물어보지는 않을 것 같아요."

나는 아직도 철없는 며느리다. 어머님의 깊은 사랑을 알면서도 저리 어머님께 또박또박 대답하고 질문하는 며느리다. 어머님이 왜 그런 질문을 하시는지, 어떤 대답을 원하시는지 알고 있으면서도 저런 대답과 질문을 해버린 내가 한심스럽기도 하다.

"어머님, 정말 맛있어요. 또 해주세요."

"어머님 반찬이 최고예요!"

이런 대답을 원하시는 것인데 왜 그랬을까. 어머님의 마음을 읽고 조금만 더 생각해서 말하면 상처받는 일 없이 서로 사이가 더 좋아질 텐데 말이다.

퇴근하는데 작은아들에게서 전화가 걸려 왔다.

"엄마, 저 학교 끝났어요. 엄마는 어디세요?"

"아들, 엄마도 끝나고 퇴근하는 중이지. 너는 언제 와?"

"엄마, 저도 지금 집으로 가고 있어요. 엄마도 조심히 오세요."

전화상으로는 참 다정다감한 아들이다. 전화할 때는 이보다 더 상냥한 아들이 없다. 자신의 일상을 보고하고, 또 엄마 조심히 오라는 말까지 이보다 좋을 수 없다. 이렇게 자상한 아들이 집에만 오면 방문을 닫고 방에서만 생활한다. 내가 방에라도 들어가면

"엄마, 왜 오셨어요? 빨리 나가세요."

무엇이라도 물어보면

"엄마가 그걸 왜 궁금해하세요?"

집 밖과 집안에서 완전히 다른 아들이니, 어디에 맞추어 이야기를 나누어야 할지 당황스럽다. 아들은 지킬박사와 하이드 같다. 나도 사춘기를 지나온 어른이지만 왜 아들의 마음 읽기가 이렇게 힘든지, 아들의 한마디 한마디에 기분이 오르락내리락한다.

오늘도 어머님이 주신 김치를 먹고 있다. 손이 많이 가는 배추포기 김치를 맛있게 먹고 있다. 매번 이리 맛난 김치와 반찬을 받아 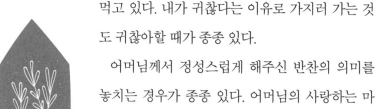 먹고 있다. 내가 귀찮다는 이유로 가지러 가는 것도 귀찮아할 때가 종종 있다.

어머님께서 정성스럽게 해주신 반찬의 의미를 놓치는 경우가 종종 있다. 어머님의 사랑하는 마음도, 남편의 사랑도 잘 읽어야 하는데 나이를 이

만큼 먹어도 마음 읽기가 쉽지 않다. 나도 오늘부터 오른손 검지를 펴고 가족들에게 다가가는 연습을 해야겠다.

3장

글과 마주하는
책상에서

다독가는 다 멋져 _김진옥

인생 속에서 찾은 독서의 힘 _이정은

단단해지다 _김미현

투명 인간의 인생 구하기 _늘품

책이 있는데 뭐가 걱정이야 _임진옥

음악과 글 _감지원

독서가 피워낸 꿈의 씨앗 _윤슬

수용과 발산, 그 선순환 사이에서 _김민수

내가 하고 싶은 이야기 _장소영

글 쓰며 나를 마주하다 _어성진

글을 쓸, 용기 _손해정

다독가는 다 멋져

김진옥

   나는 어려서 책을 거의 읽지 않았다. 집에 책이 딱히 많은 것도 아니었고, 부모님이 특별히 자녀의 독서 습관에 관심이 있으셨던 것도 아니었다. 스스로 책에 관심이 있었던 것은 더더욱 아니었다.

   내가 기억하는 책에 대한 기억이란, 1980년대 집집이 방문하는 전집 외판원과 그들에게 좀체 넘어가지 않았던 엄마였다. 어려운 관문을 뚫고 장만한 것은 백과사전 전집이었다. 그 외엔 문학박사 양주동 님이 쓴 두꺼운 국어대사전이 있었다. 자주 펼쳐보진 않았지만 이름만은 선명하게 기억난다. 밤이면 가지런히 누워 책장에 꽂혀 있는 '국어대사전 양주동'이란 글자를 속으로 여러 번 되뇌다가 잠이 들곤 했다. 그런데도 펼쳐볼 생각은 하지 않았다.

   유·아동기와 청소년기에도 책을 많이 읽지 않았다. 어릴 때라면 다들 읽었을 법한《소공녀》,《보물섬》, 전래동화도 읽지 않고 아동 문학에 관해서라면 구멍이 뻥 뚫린 채 그냥 지나왔다.

그런데도 나는 자주 책을 많이 읽는 학생으로 오해받았다. 아마도 일기를 많이 써서 그랬는지 아니면 속으로 이 궁리 저 궁리를 하며 주변을 관찰하는 조용하고 내성적인 아이라 그랬을지 모르겠다. 종종 받는 오해로 그 오해에 부합하기 위해 '좀 읽어볼까'라는 생각은 두어 번 했으나 애석하게도 실행으로 옮기진 않았다.

그러다 성인이 되어서 책을 많이 읽은 사람이 문득 부러워졌다.

그건 일종의 선망이었다. 그 선망을 곰곰이 생각해 보면 많이 배운 사람, 지식이 많은 사람에 대한 선망에서 시작되었다가 지혜가 많은 사람, 크고 작은 일에 흔들리지 않은 사람, 누구도 뺏지 못할 자신만의 세계를 가진 사람으로 확장되었다.

책을 많이 읽으면 어려운 상황에 대처하는 다양한 방법을 자연스럽게 익힐 수 있다. 그래서 더 침착하고, 유연하게 반응할 수 있을 거라 생각했다. 그런 이유로 독서를 꾸준하게 한 사람은 일단 멋져 보였다.

그런 생각이 들기 시작하면서 나도 이런저런 책을 찾아 읽기 시작했다. 사람들이 많이 본다고 하는 인기도서를 찾아 읽고, 내 관심사를 중심으로 읽기도 했다. 좋아하는 작가가 생기고 그 작가의 작품을 찾아 읽거나 어떨 때는 그냥 끌리는 제목을 골라 읽었다.

책 관련 팟캐스트나 신문에 신간 소개 코너에 관심을 두고 다음 책을 고를 때 참고했다.

요즘은 종이 책을 들고 있는 사람을 쉽게 만날 수 없지만, 오고 가며 마주친 모르는 사람 손에 들린 책이 너무 궁금하다. 어떤 내용의 책인지, 재미는 있는지 마구 물어보고 싶어진다. 마음 같아서는 '저는 요즘 무슨 책을 읽었는데 어떤 부분이 재미있었어요.'라고 쏟아놓고 싶기도 하고 '그 책이 괜찮다면 다음 책으로 읽어볼까 싶습니다.'라고 말하고 싶기도 하다. 항상 성에 찰 정도로 독서에 관해 얘기를 할 상황은 못 되지만 아쉬운 대로 블로그에 책에 대한 기록을 남기며 가늘고 길게 책 읽는 삶을 살고 있다.

책을 읽다 보면 간혹 내 마음을 아주 정확하게 표현해주는 책을 만날 때가 있다. 어떤 작가는 내가 고민하던 문제를 핀셋으로 집어내듯 구체적인 언어로 명확하게 표현하고, 내가 지향하는 삶의 철학이나 지침을 신실하게 지키며 살아가며 그 지침을 소설이나 수필로 제시하기도 한다. 나에게 있어 그런 책을 몇 권 소개해 볼까 한다.

도리스 레싱, 《19호실로 가다》

나무랄 것 없이 다 갖춰놓고 사는 네 아이의 엄마인 전업주부가 그 생활에 염증을 느껴 점점 우울의 나락으로 빠지는 이야기이다.

저택에 꼭대기 층 방 하나를 자신의 공간으로 만들었다. 그도 완전히 분리되지 않은 곳이라 다음엔 기차를 타고 나가서 허름한 호텔 방에서 하루에 7시간 정도를 보내다 온다. 언뜻 보면 무슨 호강에 겨워 쇼하는 이야기인가 싶겠지만, 출산하고 어린아이를 키우며 내가 느껴왔던 답답함을 한 줄, 한 줄 과장하지도 단순하지도 않게 묘사한 이야기였다.

어떻게든 독립된 시공간에서 충분히 오래 머물고 싶다는 갈망과 열망. 헤드폰을 쓰고 있어도 새어 나오는 아이들의 즐거운 괴성도, 문을 닫고 이불을 뒤집어써도 가뿐히 침범하는 소리가 일정 수준 쌓이면 집이라는 공간이 꽤 괴로울 수 있다는 것을 그리고 있다.

소음 문제가 아닐 수도 있다. 항상 아이들의 요구를 위해 대기하고 있어야 하고 신경을 써야 하는 그 상태를 유지하는 것 자체로 진이 빠질 수 있다. 그러다 모처럼 집 밖을 홀로 나가면 걸음걸음 신발에 스프링이 달린 것 같고, 어깻죽지 아래로 날개가 돋아난 기분이라는 것을 육아를 도맡아 한 사람이라면 공감할 수 있다.

지금은 그나마 육아 우울증이라는 이름으로 그 어려움이 조금 알려졌지만, 그래도 여전히 내 마음을 가장 잘 이해해주는 것은 이 소설이라고 생각한다.

미셸 오바마,《비커밍》

인생의 어느 시점에서 우리는 '되어가는 존재'라는 내 평소의 생각을 읽기라도 한 듯 '비커밍'이라는 제목이 더 마음에 와닿았다. 시대도 인종도 국적도 다르지만, 여성이라는 것 하나만으로 가깝게 느껴지고, 인생을 바라보는 근본적인 시선에서 동질감을 느꼈다.

자녀를 낳고 거의 홀로 육아를 하던 미셸은, 어느날 결심을 하고 새벽에 일어나 운동한다. 유자녀 직장 여성이라면 누구나 겪는 쉴 틈 없는 시기를 똑같이 겪었다는 것에 친밀감이 생겼다. 미셸이 육아와 직장생활을 병행하며 새벽 운동까지 가능했던 것은 헌신적인 어머니가 계셨기에 가능한 일이었다.

어머니는 본업이 있으면서도 새벽 4시 45분에 미셸의 집에 와서 손녀들과 같이 있어 주었다. 그 정성이 놀랍기도 하면서 '그런 대단한 희생이 아니어도, 평범한 체력을 가진 여느 맞벌이 부부가 일반적인 정성만으로도 아이를 키울 수는 없나? 그것을 가능하게 하는 제도나 환경이 아직 마련되지 않았나?'라는 아쉬운 마음이

들었다.

'발전과 변화는 느리게 이루어진다는 사실을, 삶은 가르쳐주고 있
었다…. 우리는 변화의 씨앗을 심는 것이고, 그 열매는 보지 못할
수도 있다. 우리는 참을성을 가져야 한다.'

이 문구는 특히나 교사 관점에서 더 마음에 와닿았다. 눈에 띄게
이렇다 할 좋은 변화가 없을지라도 학생들의 생활 태도나 작은 습
관 하나라도 나아지길 바라며 한 해 농사를 짓는다. '흐르는 강에
떡을 던지면 어느 물고기는 먹겠거니, 작은 씨앗을 뿌려 놓으면
여건이 되는 어느 순간 싹을 틔우려니'하는 그런 마음이다.

무라카미 하루키,
《달리기를 말할 때 내가 하고 싶은 이야기》

어떤 책은 전혀 생각하지 못한 것을 알려주는가 하면, 또 어떤
책은 막연히 그렇겠거니 생각하던 것을 정확한 언어로 표현해준
다. 무라카미 하루키의 이 도서는 단연코 후자에 해당한다.

1990년대 후반~2000년대, 또래 사이에《노르웨이의 숲》같은
그의 소설이 붐을 일었을 때도 심드렁했고, 2010년대 또 다른 화

제작이라는《1Q84》도 근근이 읽어내려갔을 뿐이었다. 그런데 이 책은 내가 생각하는 이상적인 버전의 미래의 나를 저자가 수려한 솜씨로 대필해준 회고록 같은 느낌이 들었다.

이 책을 하나의 메시지로 요약하자면 '내가 가진 한계를 담담히 인정하고 주어진 것을 충실히 갈고 닦으며 살자' 정도 될 것 같다. 그것이 운동이든, 일이든, 무엇이든 말이다. 마음이 힘들면 그저 좀 더 달려서 마음을 비워내며 묵묵히 매일을 사는 모습이 일면 현자이기도 하고 수도자 같기도 했다.

'주어진 개개인의 한계 속에서 조금이라도 효과적으로 자기를 연소시켜 가는 일, 그것이 달리기의 본질이며, 그것은 또 사는 것의 메타포이기도 한 것이다.'

많이 읽은 사람에 대한 선망으로 나도 얼추 비슷한 사람이 되어 가고 있다. 내가 아는 세계가 여전히 한정적이지만 그래도 조금씩 그 세계를 넓혀가며 놀라고 감동하고 분노하며 살고 싶다. 그것이 씨앗이 되어 행동으로 옮기며 조금씩 나를 변화시키고 싶다.

인생 속에서 찾은 독서의 힘

이정은

    종이 냄새, 정돈된 분위기, 책을 좋아하는 사람들이 주는 에너지. 도서관과 서점에 가면 느낄 수 있는 기운이다. 책장 넘기는 소리와 함께 책 냄새를 맡고 있으면 마음이 차분해진다.

    나는 독서를 좋아하는 사람이다. 책을 읽기에 좋은 장소만 보이면 책을 읽고 싶어진다. 책을 읽는 시간은 나에게 쉼을 선사한다. 멋진 풍경과 커피 한 잔, 그리고 책이 있으면 최고의 휴식 시간을 보낼 수 있다.

    나는 언제부터 책을 읽는 삶을 살아왔을까? 내 인생에서 책은 어떤 의미일까?

학창 시절 공부에 재미를 더하다

어린 시절, 우리 집은 책장 가득 책이 꽂혀 있었다. 어떤 혜안이라도 있으셨을까? 넉넉하지 않았던 시절에 어머니께서는 책을 많이 사들였다. 새 책을 사기도 했지만, 지인을 통해 중고로 얻어올 때도 많았다. 명작동화, 전래동화, 한국사 만화전집 등 거실과 내 방 곳곳에 책이 넘쳐났었다.

나는 심심할 때면 책을 꺼내 읽었다. 하교 후, 아무도 없는 조용한 집에서 책은 나와 함께한 소중한 친구였다. 만화책을 좋아했던 나의 취향을 아셨는지, 어머니께서는 역사와 관련된 만화책을 사 주셨다.

20권 정도의 한국사 만화전집을 여러 번 반복해서 보았다. 관창과 계백 이야기, 고려 말 충신 정몽주와 이방원이 시를 주고받던 부분 등 내가 좋아하는 부분은 몇 번을 봤는지 셀 수가 없다. 그 덕분인지, 유독 사회 공부하는 것을 좋아했다. 특히, 역사 교과의 성적이 우수했는데, 초등학교 때 읽었던 한국사 만화전집의 효과가 아니었을까 짐작해 본다.

어머니 지인께서 주신 세계 명작전집 중, 《제인 에어》는 중학교 시절 내가 가장 좋아하던 책이다. 글자가 빽빽하고 꽤 두꺼웠던 이 전집은 오랜 시간 책장에 꽂혀 있기만 했었다.

하지만 《제인 에어》를 읽은 후 다른 명작들까지 쭉 읽어나갈 수 있었다. 특히《제인 에어》는 주인공의 성장과 좌절, 사랑과 이별, 그리고 약간의 미스터리가 섞여 있어 여러 번 읽을 정도로 재미있었다. 처음에 이해되지 않았던 내용이 반복해서 읽다 보니 자연스럽게 이해되었다. 한 권을 깊이 있게 읽은 경험이었다.

나의 학창 시절에 독서가 미친 영향이 크다는 걸 성인이 되어 읽은 어느 한 권의 책으로 알게 되었다. 바로, 최승필 작가가 쓴《공부 머리 독서법》이다. 독서 논술 학원 강사였던 저자는 초등학교 우등생이었던 학생들이 중학교에 들어가면서 성적이 자꾸 떨어지고 공부를 어려워하는 현상을 발견한다. 반면 초등학교 때 두각을 나타내지 않았던 학생이 중학교부터 성적이 확 오른 경우도 있다.

저자는 왜 이런 현상이 생기는지 관찰하고 연구해 읽기 능력이 학습 능력과 연관이 깊다는 것을 알았다. 이 책을 읽고 내가 학창 시절에 수월하게 공부할 수 있었던 게 독서의 힘이었음을 깨달았다.

나는 뒤늦게 성적이 오른 사례였다. 어린 시절 한국사 만화전집, 세계 명작전집을 읽으면서 읽기 능력과 학습 능력이 많이 향상되었나 보다. 초등학교 시절 고만고만했던 성적이 중학교에 들어가면서 치솟기 시작했다.

독서로 쌓은 배경 지식과 어휘력 덕분에 수업 내용이 쉽게 이해되었다. 따로 설명을 듣지 않아도 교과서를 읽고 스스로 정리할 수 있었기에 공부 효율성도 높았다. 조금만 공부해도 성적이 올라 점점 공부에 재미가 붙었고 감사하게도 좋은 성적으로 교육대학에 입학할 수 있었다. 중학교 시절부터 가파르게 치솟았던 나의 성적은 초등학교 시절 쌓아 놓았던 독서 경험이 학습 능력으로 나온 결과였다.

엄마로서의 정체성을 찾아가다

"사랑하는 사람과 결혼해 행복하게 잘 살았습니다."

동화에서 흔하게 볼 수 있는 마지막 문장은 결혼이라는 현실을 보여주지 않고 연애의 환상에서 마무리된다. 연애와 결혼은 정말 다르다. 결혼은 가족 간의 만남으로 새로운 의무와 책임을 짊어준다.

아내, 며느리라는 새로운 역할과 그에 따른 의무는 생각보다 어려웠다. 직장 일과 집안일을 병행하는 일상은 초보 주부에게 너무 힘든 일이었다.

겨우 적응해 갈 무렵 한 아이의 엄마가 되면서 내 삶의 무게는 더 복잡해지고 무거워졌다. 아이를 키우는 과정에서 내 의지로 해결할 수 없는 상황이 자주 닥쳐왔다.

'이것밖에 못 하나.'

자조 섞인 눈으로 나 자신을 바라보는 시간이 늘어갔다. 자존감이 떨어지고 여러 번 반복되는 아이의 투정에 인내심까지 바닥났다. 부모란 무엇인지, 나는 어떤 엄마가 되어야 하는지 정체성을 찾는 게 절실했다.

어린 시절 책을 가까이했던 경험은 나를 다시 독서의 세계로 불러들였다. 엄마로서의 정체성을 찾기 위해 다시 책을 읽기 시작했다. 여러 육아서와 심리학, 철학 책을 읽으면서 부모란 무엇이고 어떤 부모가 되어야 하는지 조금씩 윤곽을 잡아갔다.

조선미 교수의 《영혼이 강한 아이로 키워라》를 통해 아이의 자율성을 믿어주고 실수와 실패를 지켜봐 줘야 함을 배웠다. 가족끼리 마주 보며 웃고, 소통이 잘 이루어지는 가정 분위기를 만들기 위해 남편과 함께 노력했다.

아이 불행이 내 불행이라는 공식 안에서 길을 잃고 싶지 않았다. 아이를 독립적 존재로 존중하고, 아이 행복은 아이 스스로 판단하길 바랐다. 실수를 겪고 대처하면서 배울 수 있도록 기회를 주는 부모가 되고 싶었다. 불안보다는 안정감으로, 조바심보다는 느긋함으로 아이를 바라보았다.

지금도 나는 영혼이 강한 아이, 시련에 강한 아이로 키우고 싶다는 생각으로 육아하고 있다. 주변의 말에 흔들리지 않고 주관을 가지며 아이를 키울 수 있었던 시간은 모두 독서 덕분이었다.

성장하고 싶은 동기를 주다

나는 5년 정도 블로그에 글을 꾸준히 올리고 있다. 서평을 시작으로 나의 일상, 수업 기록 등을 차곡차곡 쌓고 있다. 요즘에는 딸과 함께하는 집공부를 기록하고, 하루 중 감탄하고 싶은 일을 찾아 소소하게 일기를 쓴다. 글쓰기는 점점 내 일상을 소중히 여기게 하고, 교사로서 엄마로서 성장할 수 있는 에너지를 준다.

이렇게 글쓰기를 시작한 이유는 김진수 선생님의《독서교육 콘서트》때문이다. 이 책을 읽고 반 아이들과 함께 1년에 50권 읽기 독서프로젝트를 시작했다. 그리고 블로그에 책과 관련된 기록을 쌓아갔다. 내 블로그의 첫 서평도 바로 이 책이다.

독서는 그저 위로와 공감만 주지 않는다. 내 삶에도 영향을 미친다. 다양한 저자의 깊은 성찰이 담긴 문장을 읽고 있으면 세상이 넓어지고 깊어지는 기분이 든다. 생각이 바로 서고, 나약함과 불안감이 점점 줄어든다. 주관이 바로 서고 정서가 안정되니 배우고 싶은 열망이 생겨났다.

교육학 책에서 얻은 아이디어를 학급 경영과 수업 속에 녹여냈다. 미니멀 라이프 책을 읽고, 집 안을 정리하며 내가 사는 공간을 소중히 여겼다.《불렛저널》을 읽고, 계획을 세워 하루를 돌아보려고 노력했다. 간헐적 단식 책을 읽고, 건강을 위해 식단 관리와 간단한 맨몸 운동을 조금씩 실천했다.

이렇게 책 속의 내용을 실천하면서 어제의 나보다 나아지고 있는 나를 발견한다. 독서는 나와 세상에 관심을 두고 꾸준히 성상하게끔 동기를 주었다.

지금도 나는 일주일에 한두 권 정도 책을 읽는다. 독서와 함께할 수 있는 필사라는 좋은 취미 활동도 생겼다. 꾸준히 책을 읽다 보니 독서의 여러 묘미를 알게 되었다. 문장 속에 인용된 책을 찾아 읽는 재미, 한 분야의 여러 책을 비교, 분석하며 읽는 맛, 한 권을 깊이 있게 읽는 반복 독서의 힘.

독서의 여러 묘미와 함께 나에게 맞는 책을 고르는 안목이 생겼다. 다른 사람이 아무리 좋다고 해도 나에게 아닌 책을 과감히 덮을 줄 안다. 유명한 책, 있어 보이는 책이 아니라 내가 읽고 싶은 책으로 시간을 보내는 게 중요함을 깨달았다.

인생을 돌아보니, 중요한 순간이나 힘들었던 순간에 내 옆을 지켜주고 힘을 주었던 것은 책이었다. 책을 읽으면서 나를 세워가고 나만의 길을 찾아갈 수 있었다. 인생에서 찾은 독서의 힘이 정말 크다는 걸 느낀다.

이제는 수단으로서의 독서가 아니라 독서 그 자체를 온전히 즐기고 싶다. 마음 가는 대로 책을 읽고 내 생각을 편안하게 풀어내며 독서의 매력을 더 느끼고 싶다. 한 가지 더 바란다면, 나이가 들수록 독서처럼 따뜻함과 여유로움을 가진 사람이 되었으면 좋겠다.

단단해지다

김미현

어느 독서가는 책을 읽으면서 단단해져 가는 자신을 알게 되었다고 한다. 그럼, '단단하다'라는 말의 의미는 무엇일까?

어떤 힘을 받아도 쉽게 그 모양이 변하거나 부서지지 아니하는 상태. 연하거나 무르지 않고 야무지고 튼튼하다. 또 속이 차서 실속이 있다. 헐겁거나 느슨하지 아니하고 튼튼하다. 뜻이나 생각이 흔들림 없이 강하다. 틀림이 없고 미덥다. 사람이 야무지고 의지가 강하다. 〈네이버 위키백과〉

독서가의 말처럼 독서에서의 '단단해져 가는 자신을 알게 되었다'라는 뜻은 휘둘리지 않고 자신만의 길을 가는 방법을 알게 되었다는 뜻이 아닐까 생각한다.

나도 책을 한 권, 한 권 읽어갈수록 단단해져 감을 조금씩 알아가고 있다. '가랑비에 옷 젖는다'라는 말처럼 독서로 인해 서서히 변화된 모습을 하나씩 정리해볼까 한다.

"아무거나 괜찮아."

외식 메뉴를 고를 때면 늘 했던 말이다.

직장 모임에서도, 가족끼리 모임에서도 내 생각이나 의견을 말해 본 적이 별로 없다. 나는 옷을 사러 가서도 내가 좋아하는 것이 아닌, 가족이 좋아하는 옷을 결정했다. 가만히 생각해 보면 내가 진짜 좋아하는 것을 생각해 본적이 많지 않았던 것 같다.

책을 읽고 생각하는 시간이 늘어가니 내가 진짜 좋아하는 것이 무엇인지 궁금해지기 시작했다. 제일 좋아하는 음식은? 제일 좋아하는 시간은? 공간은? 책은? 음악은? 사람은? 운동은? 나는 언제 행복을 느낄까? 언제 가슴이 콩닥콩닥 뛸까?

의문이 계속 솟아났다. 이어지는 질문에 답을 찾기가 쉽지 않았다. 하지만 천천히 나를 탐구하며 질문에 하나씩 답을 찾아가고 있다. 며칠을 고민하며 찾은 내가 제일 좋아하는 음식은 엄마와 언니와 함께 먹던 김밥이었다. 엄마 옆에서 언니와 함께 말아서 먹던 옆구리 터진 김밥이 가장 맛있었다. 지금도 그때가 떠올라서 그런지 김밥이 세일 맛있는 음식이다. 이렇게 독서는 나를 알아가게 하는 과정이다.

책을 읽다 보니 욕심이 생겼다. 세상에는 좋은 책이 너무 많다. 자신의 습관부터 고쳐야 한다는 자기계발 도서도, 경제적 자유를 누려야 한다는 경제 도서도, 타인의 마음에 공감하는 소설도, 시집도…. 읽고 싶은 것이 나를 기다리고 있다. 오늘도 책상 위에 읽어야 할 책이 쌓인다.

가방엔 항상 책이 준비되어 있다. 출근 후 하루를 시작하기 전 잠깐 읽는 명언, 직장에서 잠깐 머리 식힐 겸 읽는 수필, 하루 일을 마치고 책상에 앉아 여유를 즐기며 읽는 인문학 관련 책도 있다. 시간을 잘 다루지 못하면 좋은 책을 읽을 시간이 부족하다.

시간의 소중함을 알기에 하루 일과표를 작성하기 시작했다. 일주일, 한 달, 1년 독서계획을 작성하기 시작했다. 계획 있게 시간을 활용하기 시작하니 주말을 더 보람있게 보낸다. 책을 읽기 전에는 주로 가족과 집에서 TV를 보며 주말 시간을 보냈다. 요즘은 도서관을 자주 다닌다. 도서관에서 책 읽는 시간이 제일 행복한 시간이다. 도서관에서 보내는 시간은 누구의 방해도 없이 내가 계획한 대로 시간을 알차게 사용할 수 있다. 책을 읽으면 읽을 수록 시간 활용을 잘하게 된다.

운전하면서 걸으며, 무엇을 할 수 있을까? 보통 음악을 듣지만, 요즘은 생각을 많이 하려고 한다. 생각하는 것이 늘어날수록 기록하고 싶다. 시간을 들여 생각한 것이 스쳐 지나가게 두고 싶지 않다. 그래서 블로그와 노트에 기록하기 시작했다. 무작정 쓰는 것 같아 고민이 될 때마다 김익한 작가의 책《거인의 노트》를 떠올린다.

"기록은 흩어져 있던 정보를 정리하게 한다. 시간을 자유롭게 해주는 것이다. 기록은 삶의 주도권을 갖게 하여 자유롭게 한다. 기록은 삶의 주도권을 갖게 해주는 것이다."

기록은 흩어져있던 파편들을 우리 눈에 보이게 하는 힘이 있다. 의미 없던 하루가 글을 쓰기 시작하면 하나하나 의미 있게 다가온다. 아무 의미 없던 기상 알람도 하루를 기분 좋게 시작하라고 불러주는 고운 목소리로 들린다. 무의미하던 아침 인사도 기록하면 감사함이 느껴진다.

쓰면 보이지 않던 것들이 눈에 보이기 시작하는 마술이 일어난다. 책을 읽으면 읽을 수록 기록한다.

독서는 나누고 싶은 마음을 만든다. 책을 읽고 기록하며 다른 분의 글을 많이 접하고 있다. 책 정보, 부동산 정보도 얻고, 음악과 미술 분야의 이벤트 소식도 얻는다. 자신의 정보를 베풀고, 그 정보로 인해 좋은 일들이 일어나는 것을 접한다. 나도 도움이 되는 사람이 되고 싶어졌다. 누군가에게 도움이 되고 싶지만, 전문 분야가 없다. 그래서 더 열심히 책을 읽는다.

나는 초등교사이다. 초등학교 이야기를 나누면 어떨까 생각이 든다. 아직 글쓰기 실력이 부족하다. 글쓰기 실력을 키워야겠다는 욕심도 생겼다. 열심히 능력을 키워 2년 안에 초보 초등교사들에게 도움이 되는 책을 쓰고 싶다는 목표가 생겼다. 초보 초등교사들에게 선배 교사로 쌓은 지식을 전해주고 싶다. 책을 읽으면 읽을수록 나누고픈 마음이 자란다.

책을 읽으며 마음에 여유가 생기기 시작했다. 나는 소설책을 좋아하지 않았다. 다른 사람에게 관심이 없는 성격 때문이다. 그 이유 때문인지 소설책을 왜 읽는지 잘 몰랐었다. 책을 읽다 보니 소설책도 읽게 되었다. 다른 사람들은 이렇게 생각하는구나! 다른 사람들은 그래서 이렇게 행동하는구나! 조금 더 주위 사람들을 이해하는 여유가 생겼다.

사춘기 아들의 반항도 '지나가는 과정이려니!' 한발 물러서서 호흡을 가다듬을 수 있는 여유가 생겼다. 아이들이 교실에서 하는 작은 실수도 '성장하는 과정이구나!'라고 생각하며 지나가게 되었다. 남편에게 섭섭한 마음도 '그럴 수 있지!'라며 숨 한번 쉬고 넘어갈 수 있는 여유가 생겼다. 다른 사람들의 행동에 화내지 않는 여유가 생기고 있다.

오글오글 씁니다

다른 사람들의 마음을 이해하게 되니 주위 환경으로 흔들리지 않는 여유가 생겼다. 단단해지고 있음을 느끼고 있다.

"쌤, 요새 뭐 좋은 일 있으세요? 얼굴이 좋아보이세요!"

반년 만에 지난 학교의 선생님들을 만났다. 후배 선생님 한 분이 이렇게 말씀하시니 기분이 좋았다. 열심히 한 것은 책을 읽고 기록한 것뿐인데, 분위기에서 변화가 느껴진다고 했다. 하나씩 변해가고 있는 나의 모습을 보면서 독서의 소중함을, 독서의 좋은 점을 느끼고 있다.

독서는 아무리 강조해도 지나침이 없다.

투명 인간의 인생 구하기

늘품

"엄마, 어디 가요?"

"독서 모임."

"독서 모임이요? 누구랑요?"

"선생님들이랑."

"엄마 지금 학교 선생님들이요? 이전 학교 선생님들이요?"

"아니, 모르는 선생님들. 엄마도 오늘 처음 만나."

"네? 모르는 사람들이랑 독서 모임 하러, 엄마 혼자 저녁에 나간다고요? 왜요?"

독서 모임에 가려는 엄마를 보고, 두 아이가 놀란다. 아이들에게 엄마는 학교와 집만 오가는 사람이었다. 엄마가 하는 일은 학교 일과 집안일뿐이었다. 엄마의 만남 대상은 전부 자기들이 아는 사람이었다.

엄마가 모르는 사람과 독서 모임을 하기 위해 평일 저녁에 외출한다. 아이들은 처음 접하는 상황에 놀라움을 감추지 못했다.

작년 새로운 학교로 이동 후, 학년 부장을 맡았다. 학교 시스템에 적응하기 전에 해야 할 일이 쓰나미처럼 몰려왔다. 소속 학년 학급 수가 많았다. 단 하루도 바람 잘 날이 없었다. 업무 외에 신경 쓸 것이 한두 개가 아니었다. 해도 해도 끝이 없었다.

아침 일찍 출근해 깜깜해질 때까지 야근해도 일을 마무리하지 못했다. 학교 일을 집으로 짊어지고 와서 야간작업을 수시로 했다. 오늘이 어제 같고, 어제가 오늘 같았다. 새로운 날을 기대할 수 없었다.

20년 가까이 학교와 집만 오갔다. 교사로서 학교 업무, 엄마로서 육아, 주부로서 가사, 어느 것 하나 소홀하지 않았다. 매 순간 맡은 소임에 최선을 다했다. 그 누구의 도움도 없이 혼자 모든 것을 해냈다. 앞만 보며 달린 시간이었다. 일탈을 꿈꿀 겨를도 없었다. 20년을 당연하게 해오던 역할에 부장으로서 학년 업무가 추가되었다.

무거웠다. 힘이 들었다. 버거웠다.

지독한 책임감으로 주어진 시간을 소비했다. 교사로서 학생들을 발전적으로 변화시켜 성장을 꾀해야 한다는 책임감. 엄마로서 내 아이들을 바른길로 인도해야 한다는 책임감. 주부로서 가족의 건강을 지키고 청결한 환경을 제공해야 한다는 책임감. 학년 부장으로서 모든 일을 해결하고 학년을 굴러가게 해야 한다는 책임감. 짓누르는 책임감에 일을 멈출 수가 없었다.

일과 삶의 균형은 완전히 사라졌다.

애초에 '나' 자신은 어디에도 없었다. 지독한 책임감은 무거운 중압감으로 바뀌었다. 게다가 마음을 나눌 사람이 없었다. 새 학교에서 사람을 사귀기도 전에 일에 파묻혔다. 힘든 것은 혼자 감당해야 했다. 무거운 중압감은 외로움을 만나, 아픔이 되었다. 몸도 마음도 아팠다.

나를 구해야 한다. 일에서 나를 탈출시켜야 한다.

하루에 십수 개의 역할을 하며, 수많은 일을 했다. 그러나 역할과 과업의 주체는 없었다. 나는 투명 인간이었다. 나의 형체를 찾아야 했다. 숨 쉬고 살아 움직이는 실체를 나에게 되찾아 주어야 한다는 생각이 강렬해졌다.

나는 유용한 학습 자료를 찾기 위하여 초등교사 커뮤니티를 애용한다. 늘 시간에 쫓겨 필요한 자료만 급하게 찾고 로그아웃했다. 10월 어느 날, 모두가 퇴근하고 혼자 남은 학교에서 정문이 닫히기 전에 서둘러 자료를 찾아 퇴근해야 했다. 그런데 쉽사리 커뮤

니디 사이트를 닫고 나올 수가 없었다. 내 눈에 번뜩 들어온 것이 있었기 때문이다.

'독서를 꾸준히 하는 강제성을 위해 함께 삶에 관한 책을 읽고, 이야기를 나눌 새로운 인연을 모집합니다.'

성장하고 싶은 교사들의 독서 모임. 온전한 나를 위한 '인생을 읽다' 독서 모임 회원 모집 문구에 강한 시선 끌림이 생긴 것이다.

교실을 정리해야 한다는 것도 잊은 채, 모집 글을 탐독했다. '인생을 읽다'라는 모임 이름이 마음에 들었다. 혹시 실체가 빠지고 형체가 없는 투명한 내 인생을 구원해 주지 않을까?

온라인 인증뿐 아니라, 매주 목요일 오프라인 모임이 있었다. 모임 장소는 집에서 불과 전철로 몇 정거장 거리였다. 의무적인 오프라인 모임을 세팅하면 혹시 일 중독자도 칼퇴근할 수 있지 않을까? 학교-집 굴레에서 벗어나면 새로운 무언가를 찾을 수 있지 않을까? 기대하는 마음이 생겼다.

신청 버튼을 눌렀다. 길게 고민하지 않고 신청한 결정적인 이유는 모임의 취지 때문이었다.

'우리의 일상을 더 행복하게 살기 위한 자신만의 답을 찾아가는 모임입니다. 일주일에 단 2시간만큼은 아이들, 학교, 가정이 아닌 오롯이 '나'에게만 집중하는 시간을 가지려고 합니다.'

딱 나에게 필요한 시간이었다.

실체도 형체도 없는 투명 인간은 '나'만 생각하는 시간이 절실하게 필요했다. 성적 처리로 바빠지기 전 11월이면 4주 정도 책을 읽고 모임에 참여할 수 있을 것 같았다. 나를 위한 시간에 도전해 보기로 했다.

첫 '인생을 읽다' 오프라인 만남을 위하여 결혼 후, 20년 만에 혼자 하는 외출이었다. 아이들과 관계된 사람, 학교 관련 선생님 이외에 모르는 사람을 만나러 가는 것이 처음이었다. 주어진 책임을 다하기 위한 역할 말고, '나' 자신을 위한 행동이었다.

독서 모임에 나가기 위해 정시에 퇴근했다. 집에 와서 부랴부랴 저녁을 준비하고, 전철을 타고, 모임 장소로 향했다. 스무 살 아가씨의 데이트 때처럼 설렘이 일었다.

신기하게 연령대와 지역이 모두 다른 교사 4명이 모였다. 살아온 내력이 천차만별이었다. 게리 비숍의 《내 인생 구하기》를 가운데 두고, 다양한 이야기가 끝도 없이 오고 갔다. 처음 만난 사람들끼리 자기 이야기를 술술 풀어내는 모습이 신기했다.

독서 모임을 신청했다는 것은 성장 에너지를 가졌다는 뜻이다. 책을 좋아한다는 유일한 공통점은 참 대단한 힘을 가지고 있었다. 독서 모임은 2시간 예정이었다. 모임 첫날 어찌나 할 말이 많았던지, 저녁 6시 30분에 시작한 모임을 밤 10시가 넘어 마무리했다.

오글오글 씁니다

《내 인생 구하기》에서 인상 깊은 구절, 삶에 적용할 점을 4주 동안 매일 단체 이야기방에서 공유했다. 그리고 매주 목요일 저녁 오프라인 모임에서 정해진 주제로 이야기를 나누었다. 모임 시간만큼은 자기에게 주어진 책임감을 내려두고, 인간 대 인간으로 진솔하게 대화했다. 짧은 시간이지만, 나를 오롯이 바라볼 수 있었다.

두 개의 자아를 가진 느낌이었다. 하나의 자아가 다른 자아를 들여다보며 생각과 말과 행동을 분석하는 듯했다. 나에 대해 생각하는 메타 인지를 실천하게 된 것이다. 투명 인간의 형체가 색을 입는 것 같았다. 점점 실체가 채워져 단단해지고, 힘든 마음이 치유되었다.

올해 2월 '인생을 읽다' 독서 모임 2기 모집 소식이 도착했다. 고민 없이 바로 신청했다. 4주 동안 또 새로운 사람들을 만나 책 내용과 생각을 나누었다.

여기서 인생 책을 만났다. 데일 카네기의 《자기 관리론》. 이 책은 나의 삶을 송두리째 변화시켰다. 한 달 동안 어디를 가나 《자기 관리론》을 가지고 다녔다. 항상 책을 통해 배운 내용을 떠올렸다. 무슨 글을 쓰든 책 내용을 인용했다.

"우리의 행복을 위해 싸우자! 즐겁고 건설적인 생각을 불어넣는 프로그램을 만들어 날마다 실천하면서 행복을 위해 싸우자. 이 프로그램의 이름은 '오늘 하루만은'이다."

이 대목에서 강한 울림이 있었다. 나를 위한 '오늘 하루만은' 프로그램을 만들었다. '좋은 습관으로 마음 챙기기'라고 프로젝트 이름을 붙였다. 4가지 루틴을 정해 매일 실천했다.

프로젝트 ① 필사로 마음 정돈하기

프로젝트 ② 독서로 마음 풍요롭게 하기

프로젝트 ③ 아이들에게 칭찬 편지로 엄마 마음 표현하기

프로젝트 ④ 운동으로 건강한 신체에 건강한 마음 더하기

루틴을 꾸준히 할 수 있는 환경을 조성하기 위해 교사 성장 모임과 각종 인증 방에 가입했다. 매일 실천 내용을 인증하며 하루를 꽉 채웠다. 나 자신을 위한 루틴에서 안정감을 찾고 성취감을 느꼈다. 몸은 고달팠지만, 마음만은 행복했다. 걱정하고 우울할 시간이 없었다. 매일 행복을 선물 받는 기분이었다. 《자기 관리론》과 함께 한 한 달, 오늘을 살며 습관을 만드는 나는 매일 성공한 사람이었다.

'좋은 습관으로 마음 챙기기' 프로젝트를 시작한지 1년이 되어간다.

단 하루도 쉬지 않고 나를 위한 루틴을 실천했다. 처음 하는 일에 과감한 도전을 이어갔다. 할 수 없는 일보다 할 수 있는 일들이

늘어났다. 마음 좋은 사람과 서로 공감하고 응원하는 소중한 인연을 맺었다.

나는 이제 실체도 형태도 없는 투명 인간이 아니다. 어느새 나의 몸에 알록달록 색깔이 입혀졌다. 그리고 속이 단단하게 차올랐다. 나 자신을 위한 꿈을 꾼다.

'인생을 읽다' 독서 모임을 만나지 않았다면 투명 인간은 지금 어떻게 살고 있을까? 책임에 대한 중압감은 가벼워졌을까? 외로움의 깊이는 얕아졌을까? 몸과 마음에 생겼던 아픔과 통증은 덜어졌을까?

투명 인간의 인생을 구한 것은 작은 독서 모임이었다.

각종 오프라인 모임에 참여하기 위해 싱글벙글 외출 준비를 하는 엄마에게 아이들이 물었다.

"엄마, 그렇게 좋아요?"

"응. 엄마 너무너무 좋아!"

책이 있는데 뭐가 걱정이야

임진옥

'책이 있는데 뭐가 걱정이야.'

블로그 인사말이다. 초등교사인 사각사각 님의 블로그이다. '그림책으로 맞닿은 마음'이라는 45분 미니 특강을 들으면서 알게 된 선생님이다. 그림책을 읽고 학생들과 한 다양한 활동을 소개하는 특강이었다. 그 중 '단점 상점'과 '장점 돋보기' 활동은 여름방학 독서 캠프에서 활용해보기도 했다. 꾸준히 책 읽기와 글쓰기 관련 글을 올리시는 선생님의 블로그는 보물창고이다. 그중에서도 인사말은 책에 대한 나의 생각을 되돌아보게 했다.

국어 교사로 20년을 넘게 지냈다. '독서와 글쓰기'라는 주제로 글을 써보자는 제안에 마음이 위축됐다. 책 읽는 습관이 몸에 배지 않은 상태라고 스스로를 진단하고 있어서이다. 주로 읽은 책은 국어 교과서 혹은 그와 관련된 자료 정도라고 생각했다. 글쓰기는, 국어 교사가 요것밖에 못 쓰냐는 질책을 듣게 될까 봐 늘 주저하였었다. 그런데, 사각사각 선생님의 블로그 인사말을 본 순간 아, 나도 뭔가 걱정이 있을 때마다 책을 찾아가긴 했었구나 싶었다.

2014년 강원도 홍천에 집을 지었다. 28평에 다락방까지 있는 집이었다. 전라도에서 친환경으로 건축하는 '쟁이'님께 집짓기를 부탁했었다. 집을 지으려는 우리 부부가 했던 가장 첫 번째 일은 집의 도면을 그리는 것이었다. 가능한 한 스스로 할 수 있는 것은 스스로 해 보자는 생각으로 도면을 직접 그리기 시작했다. 집에 반드시 들어가야 할 가구 크기를 쟀다. 집 도면에 직접 가구들을 배치하며 이 궁리 저 궁리를 했었다. 즐거운 상상이었지만 한계가 있었다. 그러다가 도서관에 갔는데, 집 도면 관련 책들이 여러 권 있었다. 답답했던 속이 뻥 뚫리는 느낌이었다.

둘째 아이를 낳고 육아휴직을 3년 했다. 첫째를 처음으로 보낸 교육기관이 발도르프를 지향하는 어린이집이었다. 나의 의지보디 휴직해서 만난 아이 엄마들을 따라서 한 선택이었다. 그래서 발도르프가 뭔지 좀 알아야 했다. 주변에서 추천해 준 책이 《당신은 당신 아이의 첫 번째 선생님입니다.》(라히마 볼드윈 댄시, 정인출판사)였다.

아이가 태어나서 살아가는 방법을 배운다. 가장 기본이 되는 삶의 방식은 엄마에게 배운다. 아이가 배우는 방식은 관찰과 모방이다. 미소 짓는 얼굴의 근육, 긴장했을 때의 손놀림, 일상에서 걷는 걸음걸이 등, 살아가는 방법의 기본이 부모를 보며 갖추어진다.

이 책은 내가 두 아이와 함께 있을 때 어떻게 살아야 하는지 방향을 알려주었다. 아이는 내 뒷꼭지를 보고 배운다는 명제를 늘 기억하며 행동하려 애썼다.

《모험으로 사는 인생》(폴 투르니에, IVP)은 20대, 대학 시절 읽었던 책이다. 현실에 안주하지 않고 도전하도록 내 엉덩이를 들썩이게 해주었던 책이었다. 30년이 훌쩍 지난 요즘, 책꽂이 한쪽 자리를 차지하는 장식이었다. 작년에 독서 모임이 있었다. 함께 읽어보고 싶어서 책꽂이에서 빼 손에 들었다. 순간, 내가 잊고 있던 20대 시절의 도전이 떠올랐다. 이제는 나의 두 자녀가 20대이다. 딸과 아들을 보며 걱정이 가득했었다. 저렇게 하고 싶은 것만 하다가 뭐 먹고 살려고 하나. 집은 어떻게 구하고, 아이들은 어떻게 키우

려고 하나. 나의 안전에 대한 욕망이 딸과 아들을 지켜보며 걱정
과 두려움으로 커가고 있을 때였다.《모험으로 사는 인생》을 다시
보면서 나 자신에게 말하고 있다. 인생은 모험으로 사는 것이라고.
그말이 나를 얼마나 반짝이게 했는지 기억하자고. 반짝이며 성장
하고 있는 자녀를 고마운 마음으로 바라보자고. 도전하고 있는 자
녀를 있는 그대로 바라보자고.

2022년 10월 병가를 냈다. 간과 신장을 동시에 이식해야 하는
수술을 앞둔 상태였다. 내가 처한 상황만 생각하면 그저 눈물이
뚝뚝 떨어지던 때였다. 내 생명을 이어가자고 누군가에게 당신의
간과 신장을 제게 줄 수 있겠냐고 말해야 한다는 것이 너무나 괴
로웠다. 마냥 어리고, 여리고, 약한 존재가 되어있는 나 자신을 지
켜보는 것이 힘들었다.

그때 읽은 책이《비우고 낮추면 반드시 낫는다》(전홍준, 에디터)였
다. 다른 무엇보다 마음에 들어왔던 것은 '감사의 마음 회복하기'
였다. 감사를 찾지 못하겠으면 '아버지, 감사합니다. 어머니, 감사
합니다.'라는 말부터 하라고 했다. 계속해서 배우자, 가족, 그리고
평소 불편한 마음을 가졌던 대상으로 이어지라고 권했다.

황토 카우치에서 이불을 뒤집어쓰고 누워서 감사의 말을 입 밖

으로 내뱉기 시작했다. 내 주변 사람들 이름을 불러가며 감사합니다를 말하는데 책에서처럼 눈물이 뚝뚝 떨어졌다. 이후, 내 마음이 나락으로 떨어진다고 느낄 때마다 '감사의 마음 회복하기'를 반복했다. 이것이 내 몸에 들어와 좋은 습관으로 자리잡았다. 요즘도 뭔가 마음이 뾰족뾰족하고 투덜거리고 싶어질 때마다, 지금 여기 이곳에서 감사한 것을 찾아내며 마음의 기운을 바꾸려고 노력하고 있다.

되돌아보니, 책은 그리 먼 곳에 있지 않았다. 내 인생에서 고민과 두려움의 파도가 휘몰아쳐 몰려올 때마다, 그곳에서 나는 책과 만나며 마음과 호흡을 가다듬었다. 그리고 내가 뚜벅뚜벅 걸어가야 할 길에 대한 안내를 받았다. 산 넘어 산이라고, 삶이 다하는 그 날까지 고민과 두려움은 끝없이 몰려오고 또 몰려올 것이다. 그러나 어쩐지 살아볼 만할 것 같다. 왜냐하면…….

"책이 있는데, 뭐가 걱정이야!"

음악과 글

감지원

내가 결혼하기 직전까지 30여 년 동안 살았던 본가(친정집)의 거실과 모든 방의 벽은 책꽂이로 가려져 있다. 나는 그만큼 책이 많은 환경에서 자랐다. 책이 많았던 것은 부모님의 영향이 크다. 부모님은 늘 책상에 앉아 책을 보거나 무언가를 쓰고 계셨다. 그만큼 부모님은 읽고, 쓰는 것을 생활화하신 분이셨다.

그런 성향을 지닌 부모님이시기에 우리 가족의 외식 코스나 저녁 산책 코스는 동네 서점인 '골드북 서점'이 항상 포함되어 있었다.

골드북 서점에서는 공교롭게도 우리 가족이 좋아하는 폴 모리아 연주곡도 늘 흘러나왔다. 우리 가족은 함께 밥을 먹고, 방앗간 드나들 듯 서점에 들러 몇 시간씩 각자 자신이 좋아하는 분야의 책을 보았다. 그리고 각자 고른 책을 몇 권씩 사 들고 집으로 돌아왔다.

나는 서점에 가면 아주 어릴 적에는 그림책을 보았고, 조금 자라서는 동화책을 보았다. 더 커서는 잡지나 연애소설, 문제집, 자습서까지 구경했다. 엄마, 아빠는 우리 자매가 골라온 책을 늘 사주셨다. 딱 한 번,《으악 너무너무 무섭다!》라는 공포 만화책을 골라왔던 날 빼고는. 멋진 음악을 들으며 책 냄새를 맡는 그 시간이 정말 행복했다. 이런 어린 시절 추억 덕분에 나는 아직도 음악과 책이라면 가슴이 뛰고, 마음이 힘든 날이면 서점에 가서 몇 시간씩 시간을 보내며 평온함을 되찾고 온다.

동생과 내가 학원에 다니기 시작하고부터는 외식과 산책을 함께 하지 못했다. 그때부터는 아빠가 인터넷 서점의 아이디와 비밀번호를 가족에게 공유해주셨다. 우리는 아빠의 아이디로 로그인해서 필요한 참고서나 읽고 싶은 책을 골라 장바구니에 담았다.

우리가 장바구니에 담아놓은 책을 사달라는 부탁을 따로 하지 않아도 아빠는 그 책들을 전부 다 주문하셨다. 책에는 절대 돈을 아끼지 말라며, 보고 싶은 책은 다 사서 보라고 하셨다.

지금까지의 이야기만 들으면 내가 어렸을 때부터 책을 좋아하여 다독했을 것 같지만, 여기엔 약간의 반전이 있다. 늘 책을 쌓아놓고 무언가를 읽고 있던 엄마, 아빠처럼 되고 싶어서 나도 책 읽기에 재미를 붙여보고자 노력했다. 그러나 왜 이리 집중력과 기억력이 좋지 않은지, 나는 책 읽는 중간중간 등장인물 이름이 자꾸만 헷갈리는 바람에 이해하지 못하여 다시 앞부분으로 돌아가기 일쑤였다. 그러다 보니 책 읽기에 흥미가 뚝 떨어져 버렸다. 그래서 중·고등학생 때 읽은 책은 열 손가락 안에 꼽을 정도로, 책을 좋아하지 않은 시기를 꽤 오래 보냈다.

그렇게 독서와 먼 삶을 살던 어느 날, 나는 스스로 책을 찾았다.

일을 시작한 후, 처음 맞닥드리는 상황들로 고민이 많아졌다. 문제해결 수단 혹은 조언자가 필요했다. 또래들과 이야기를 하더라도 제자리에서 맴맴 도는 이야기만 반복할 뿐이었다.

'이렇게 힘들다면 그만두는 게 맞나?'

'그만두면 뭐하지?'

'이것밖에 할 줄 모르는데 어떻게 그만 둬…'

나보다 적어도 20~30년은 앞서서 모든 경험을 한 인생 선배, 교직 선배들에게 조언을 구했을 때도 비슷했다.

'그렇게 마음 약해서는 세상 못산다.'

'애를 낳아라, 그럼 쓸데없는 고민은 사라질 것이다.'

이 조언들이 다 어느 정도 맞는 말이긴 하지만, 삶의 의욕을 돋워주지는 않았다. 그렇게 몇 년을 반복하며 헤매다가 책을 떠올렸다. 책은 미리 훑어보며 작가의 가치관과 문체의 결을 보고 선택할 수 있었기 때문에 나에게 필요한 도움을 얻을 수 있었다.

나의 수업이 부족하다 느껴질 때는 교육서를 찾았고, 관계가 어려울 때는 심리학 도서를 찾았다. 나와 비슷하지만 조금 더 성숙한 누군가와 대화를 나누고 싶을 적에는 에세이를 찾아 읽었다. 잠시 현실을 잊고 다른 곳에 빠져들고 싶을 때는 소설을 읽었다. 아직도 등장인물이 헷갈리기는 하지만, 나에게 가장 도움이 되는 존재가 '책'이고 그 속의 '글'이라 생각하면 반복해서 읽을 힘이 났다.

그렇게 도움이 필요할 때는 책을 통해 얻었으나, 감정을 토해내고 싶은 날에는 여전히 갈등이 있었다. 오늘 나에게 있었던 일을 당장 누군가에게 이야기하지 않으면 미칠 것 같은 감정이 차오르는 때에는 주로 남편을 희생자로 삼곤 했다. 특히, '억울하다'라고 느끼는 일을 유치원에서 겪고 왔을 때 그랬다.

"아니, 자기 말만 하더라니까? 내 말을 하나도 안 들어!"

이런 말들을 쏟아내며 분노를 토해냈다. 하지만 그렇게 감정을 털어내고 나면 결과는 두 가지였다.

상대가 해주는 대답이 마음에 들지 않아 오히려 짜증을 버럭 내고 후회한다. 남편은 "그 사람이 이상한 사람이네. 그냥 신경 쓰지 마."라는 말을 자주 했다. 나는 남편의 말을 이해할 수 없어서 또 화를 냈다.

"기분이 나쁜데 어떻게 신경을 안 써?"

이런 말이 되돌아오면 남편은 입을 닫는다. 그렇게 대화가 끊

오글오글 씁니다

기고 나서야 나는 엉뚱한 곳에 화풀이했다는 것을 깨닫고 미안해진다.

혹은 내 이야기를 너무 오랫동안 떠들어댄 것이 미안해져서 후회할 수도 있다. 나는 그날 있었던 일을 쏟아낸 후 "진짜 힘들었겠다. 그 사람 정말 왜 그런데!"라는 남편의 말을 들으면 금세 평온해진다. 마음이 가라앉고 나면 정신이 든다.

'나 혼자 얼마나 떠든 거지…?'

한참을 내 이야기를 들어준 남편에게 미안한 마음, 내 감정을 조절하지 못했다는 후회가 몰려온다. 그래서 고민을 하기 시작했다.

'남편을 이 공감 지옥에서 꺼내주면서도 내가 마음을 쏟아낼 방법이 없을까?'

그때 떠오른 것이 늘 책상에서 무언가를 쓰고 있던 엄마의 모습이었다. 그때부터 다른 누군가의 이야기를 읽고, 나의 이야기를 쓰는 것은 나의 생활이 되었다.

누군가에게 나의 이야기를 털어놓고 싶을 때는 수첩을 꺼내서 끄적인다. 수첩에 글자로 내 마음을 눌러 담아 표현하면 누구의 눈치도 보지 않을 수 있다. 글자를 너무 많이 쓰면 손이 아프기 때문에 마음을 정리하고 정제하여 표현하게 되는 효과도 있다.

감정의 소용돌이 안에서 예민할 때는 무분별하게 내 탓이나 남 탓을 하기가 쉽다. 하지만 글자로 한 번 정제된 나의 감정을 다시 읽어보면 내가 무엇을 원하고 있는지가 명확하게 보인다.

공감을 원하는지, 위로를 원하는지, 그저 들어줄 누군가가 필요한지, 찬물 한번 찰싹 끼얹는 반성과 각성이 필요한 것인지. 공감과 위로가 필요한 날에는 에세이나 시집을 찾아 읽고 자신을 다독이는 글을 쓴다.

도움이 필요하거나 반성과 각성이 필요한 날에는 심리학, 교육학 서적을 찾아 읽고 마음을 다잡는 글을 쓴다. 그렇게 나에게 필요한 것을 알아채고 스스로 충족한 후로 나는 남편에게 '내 거창한 이야기를 처음부터 끝까지 경청한 후에 내가 원하는 대답을 내놓아라.'와 같은 이상한 히스테리를 부리지 않는다.

그와 더불어 읽기의 경험이 쌓일수록 '내 감정 토해내는 것 말고 다른 것도 쓰고 싶다'라는 생각과 '작가처럼 잘 써보고 싶다'라는 욕심이 일어난다. 그때부터 무언가를 읽고 나면 인상 깊게 남는 구절과 관련된 내 생각도 적어본다.

어떤 날은 정말 쏟아내듯 써 내려갈 때도 있지만, 어떤 날은 무언가를 풀어 놓고 싶어도 펜이 움직이지 않는다. 그럴 때는 내 마음을 무장해제 시켜주는 음악을 고른다.

그 과정은 마치 자물쇠 암호를 맞추는 과정과 비슷하다. 암호는 그날그날 다르다. 어릴 적 골드북 서점에서 들었던 폴 모리아 연주곡일 때도 있다.

오글오글 씁니다

이렇게 음악과 글은 나에게 없어서는 안 될, 나의 인생을 견디고 살아가기 위해, 나아가 나의 인생을 사랑하기 위해 꼭 필요한 것이 되었다.

음악을 들으며 나도 엄마, 아빠처럼 무언가 읽고 쓰다 보면 어김없이 어릴 적 기억이 떠오른다. 그때의 엄마 아빠는 어떤 마음으로, 무엇을 그렇게 매일 읽고 쓰고 있었을까?

지금의 나는 출근 전, 퇴근 후에 음악을 들으며 여유롭게 읽고 쓴다. 하지만 그때의 엄마, 아빠는 육아 중이었기 때문에 고달픈 일상 중 잠깐 짬을 낸 시간이었을 것이다. 육아와 사회생활에 고군분투하던 어리고 서툰 그 시절의 엄마, 아빠의 등을 다독여주며 이렇게 말해주고 싶다.

'엄마, 아빠 많이 힘들지? 그래도 잘하고 있는 거야. 엄마, 아빠는 인생을 잘 살아갈 수 있는 좋은 방법을 우리에게 알려주고 있거든. 정말 고생 많았어. 고마워 엄마, 고마워 아빠.'

독서가 피워낸 꿈의 씨앗

윤슬

나에게 가장 행복한 시간은 잠자기 전 책 읽는 시간이다. 온전히 책에만 집중할 수 있는 그 시간이 좋다. 내가 살아보지 못한 환경을 책으로 경험하는 것이 즐겁다. 다른 사람이 되는 상상도 재미있다. 여행을 떠날 수도 있고, 나에게 부족한 부분을 채워가기도 한다. 다른 사람은 자녀를 어떻게 키웠는지 배우고, 내 자녀에게 적용하기도 한다.

책은 TV와는 다르게 언제 어디서나 읽을 수 있어 좋다. 휴대하기도 편하고 와이파이가 없어도 언제든 볼 수 있다. 마음에 드는 부분에 밑줄 그을 수 있고, 천천히 또는 빠르게 읽으며 자신의 속도대로 이야기에 몰입할 수 있다. 세부적인 묘사와 설명을 반복해서 읽으며 내 나름대로 장면을 만든다. 걱정거리에서 벗어나 긴장을 풀 수 있고, 정신적인 휴식을 얻기도 한다.

책 읽기가 좋은 또 다른 이유 중 하나는 돈이 크게 들지 않는다는 점이다. 가령 아이돌을 좋아하는 사람은 콘서트 티켓 예매에 팬 사인회, 굿즈까지 많은 돈을 써가며 팬심을 나타낸다. 앨범마다 다르게 들어있는 포토 카드를 구매하기 위해 같은 앨범을 여러 장 사기도 한다. 그런 걸 보며 나는 참 경제적인 취미를 가졌구나, 하며 내심 마음이 뿌듯하다. 책 한 권으로 길게는 한 달 이상을 누릴 수 있는 행복을 샀으니 말이다.

책은 상상력을 자극하기도 한다. 강미강의 《옷소매 붉은 끝동》을 읽으며 정조 옆에 있는 덕임이 되기도 하고, 윤소리의 《실버트리》를 읽을 때는 필리프 4세의 사랑을 거절하기도 한다. 정은궐의 《성균관 유생들의 나날》을 읽으며 금녀의 장소인 성균관에 들어가 과거 시험을 준비하고 유생들에게 여자임을 들키지 않기 위해 노력하는 상상도 해 본다.

김빵의 《뜨거운 홍차》를 읽으며 고등학생이 되기도 하고, 병원을 배경으로 한 소설인 조효은의 《그녀의 정신세계》를 읽을 때는 의사가 되어 내가 경험하지 못한 일을 마음껏 누려보기도 한다.

박하민의《경성 탐정사무소》의 주인공이 되어 사건을 해결해 보고, 안소영의《책만 보는 바보》의 이덕무가 되어 청빈한 삶을 살기도 한다.

문제해결 방법을 찾기 위해 책을 읽기도 한다. 자녀가 어렸을 때는 도로시 더그허티의《총명한 아이로 키우는 아기 대화법》을 읽으며 자녀와 의사소통하는 방법을 배웠다. 사춘기가 다가오면서 이윤정의《아이는 사춘기, 엄마는 성장기》라는 책을 통해 비폭력 대화에 관해 공부하기도 했다.《작은 소리로 아들을 위대하게 키우는 법》,《아들을 공부하라》,《남자아이 심리 백과》등 제목에 '아들'이 들어가는 책들을 읽으며 남자아이의 본성과 아들만의 학습법에 대해 배우기도 했다.

학기 초에는 정유진의《지니 샘의 행복 교실 만들기》를 다시 읽으며 학급 세우기를 준비한다. 단호함이 부족한 내가 친절하면서 단호한 교사가 되기 위해서는 어떻게 해야 하는지를 알기 위해 제인 넬슨의《학급긍정훈육법》을 반복해서 읽는다. 그림책 수업은 어떻게 하는지, 토론 수업을 어떻게 진행하는지 알기 위하여 책을 찾아본다.

학급에 힘든 일이 있을 때 내가 어떤 마음으로 지내면 좋을지 답을 구하기도 한다. '맞아, 나도 이런 마음이었어.', '나만 힘든 게 아니었구나.'를 알게 되면 바닥을 딛고 일어설 용기가 생긴다.

때로는 무료함을 달래기 위해 책을 본다. 주인공의 알콩달콩 사랑 이야기는 그 어떤 개그 프로보다 재미있고, '시간 순삭'을 경험하게 한다. 여행 관련 책을 읽으며 여행 가는 기쁨을 대리만족 한다. 책을 통해서라면 우리나라 일주뿐만 아니라 북극의 오로라까지 경험할 수 있다.

주인공의 갈등과 문제해결 과정을 통해 실생활에서 문제를 해결하는데 필요한 방법을 배운다. 심각한 상황에서 재치 있는 말로 위기를 모면하는 장면을 보며 건강한 의사소통을 학습하기도 한다. 또, 갈등 상황에서 어떻게 말하고 감정을 표현하면 좋을지 대화의 기술을 배운다.

주인공이 표현하는 희노애락을 통해 다른 사람을 공감하는 능력을 향상할 수 있다. 다양한 문화적 배경과 사회적 상황이 나오기도 하여 여러 문화와 사회적 규범에 대해 배우는 계기를 만든다.

마음에 드는 책을 읽고 있을 때는 마음이 한없이 너그러워진다. 모든 잘못을 다 용서할 수 있는 넓은 마음의 주인공이 되는 것이다. 읽는 내내 행복한 마음이 한가득이라 없는 시간을 쪼개서라도 책을 읽는다. 책을 읽으면 마음이 따뜻해지며 하루의 힘든 일이

싹 사라진다. 힘든 마음이 책을 통해 해소되니 나에게 책 읽기는 피로 회복제요 안식처인 셈이다.

즐거움이 가득한 독서를 계속하며 내가 작가라면 어떻게 썼을까 생각한다. 더 나아가 나도 이런 책을 쓰고 싶다는 생각도 한다. 재미있으면서 생각할 거리가 있는 책, 잘하고 있다고 격려해 주는 책, 괜찮다고 위로해 주는 책을 쓰고 싶다.

나에게 책이 편안한 안식처가 된 것처럼, 다른 사람에게도 휴식을 주는 책을 만들고 싶다. 책을 읽지 않았다면 해 보지 않았을 상상이다. 책을 읽으며 나는 꿈을 꾸게 된 것이다.

용기를 얻고 싶을 때 꺼내 읽고 싶은 책. 위로를 건네주는 책을 쓰기 위해 오늘도 꾸준히 책을 읽고 있다. 두 번 세 번 두고두고, 간직하여 읽고 싶은 책의 저자가 되기 위해 매일 조금씩 글쓰기를 실천하고 있다. 내 꿈이 먼 미래가 되지 않기 위해 오늘도 읽고 쓴다.

수용과 발산, 그 선순환 사이에서

김민수

문제가 있어서 책을 읽어요

'냉장고에 코끼리 넣는 방법'이라는 문제가 유행했던 때가 있었다. 고민 끝에 나오는 각양각색의 답. 듣는 재미가 있다.

나도 처음 문제를 마주했을 때 여러 방법을 고안했다. 코끼리보다 훨씬 큰 냉장고를 만든다든가 코끼리가 사실 코끼리 장식이 아니냐고 반문한다든가 심지어 코끼리 도축이라는 무시무시한 생각에 이르기도 했다.

골똘히 고민하던 나를 허탈하게 만든 답은 굉장히 간단했다.

첫째, 냉장고 문을 연다.
둘째, 코끼리를 냉장고에 넣는다.

셋째, 냉장고 문을 닫는다.

고작 세 단계로 냉장고에 코끼리를 넣었다. 지금에 와서 출제자의 생각을 더듬어 보면 우리가 막막하다고 여겼던 문제는 의외로 간단하게 해결할 수 있다는 메시지를 유쾌하게 전달하려던 게 아니었을까.

지금 내 삶에서 부족하다고 여기는 부분을 보완하기 위해 책을 찾는다. 말을 잘하고 싶은 생각이 들 때는 대화법과 관련된 책을 찾아 본다. 시험을 잘 준비하고 싶을 때는 공부 방법과 관련된 책으로 손이 간다.

현재의 상태를 점검하고 심사숙고하여 잘 선정한 책을 통하여 문제를 해결할 방법을 찾는다. 능동적으로 문제를 해결하고 싶은 사람은 문제해결에 적합한 책을 선정해서 읽으면 된다.

반면 자기의 문제조차 인식하지 못하는 사람이 있다. 그런 사람이 자신에게 적합한 책을 선정하기란 카페 종업원에게 눈빛으로 마시고 싶은 음료를 주문하는 것과 같다. 자신의 상태를 점검하고 정녕 필요한 게 무엇인지 돌아볼 시간이 필요하다. 그 실마리는 일기다.

알 수 없는 감정이 요동치는 날, 감정을 선명하게 남기고 싶어 펜을 잡는다. 그렇게 감정이 날뛰는 원인을 내 손가락 끝에서 살

샅이 찾는다.

오늘 저지른 실수 때문에 계속 우울했구나, 직장 동료의 은근히 무시하는 말투가 기분이 나빴구나, 우연히 들려온 노래에 잊힌 추억이 떠올라 가슴이 몽글했구나 등. 이렇게 나열된 감정과 사건을 보면 가슴 한편에 움푹 파인 곳이 보인다.

긴장하여 말을 실수하고, 무례한 사람으로부터 나를 보호하지 못했다. 헤어진 연인을 잊지 못한 내가 일기 위로 떠 오른다. 이제 부족한 점을 채워 줄 책을 찾아야 한다. 말을 실수하기 싫다면 말 잘하는 방법, 인간관계 문제를 현명하게 대처하는 방법 등과 관련한 책을 고른다.

일기를 쓰면 일상생활에서 알지 못했던 나를 다시금 알아갈 수 있고, 그 이후에는 알맞은 책 처방을 내릴 수 있다.

수용의 과정, 독서

저자는 다양한 주제를 텍스트에 꾹꾹 눌러 담아 독자에게 말을 건넨다. 그런 의미에서 독서는 시공간의 제약이 없는 저자와의 대화이다. 우리가 주변에서 쉽게 볼 수 있는 책은 쉽지 않은 과정을 거쳤다.

하나의 책이 세상에 모습을 드러낼 때까지 고된 과정이 있었을 것이다. 적절한 표현을 위해 몇 날 며칠 고심해서 나온 단어와 문장, 전달하려는 내용이 독자에게 무사히 도착할 수 있도록 구성한 목차, 내용과 형식을 모두 아우르는 제목까지 작가와 출판사의 의도를 되새기면 감탄이 나올 때가 있다.

그런 책을 단순히 몇 시간, 며칠에 걸쳐 모두 이해하기란 쉽지 않다. 그 내용을 온전히 이해하기 위하여 충분한 시간을 두고 음미해야 한다. 그렇게 작가와 내밀한 대화를 시작한다. 끊임없는 대화를 통하여 저자와 생각을 공유한다. 또한, 나만의 반론이 있다면 따로 정리하여 놓는다. 이렇게 능동적으로 책을 보면 책값 이상의 소득이 있다.

《孟子(맹자)》 만장(萬章) 하편에 상우(尙友)라는 단어가 나온다.

상우란, 책을 통해 옛사람과 친구를 맺는다는 말이다. 당대 훌륭한 사람과 교류하는 것으로 만족하지 못한다면 옛사람의 글을 보며 그 시대를 논하라고 했던 맹자의 주장은 어떻게 이해할 수 있을까?

맹자의 탁월한 견해는 예나 지금이나 그 의미가 통한다. 상우를 현대적 관점으로 해석하면 맹자는 고전 읽기를 말한 게 아닌가 싶다. 지금 훌륭한 사람과 교류하는데도 배움의 갈증이 해소되지 않는다면, 과거 훌륭했던 사람들의 자취를 따라가고 그들의 글을 읽으며 교류하는 건 어떠하냐는 취지다.

오글오글 씁니다

오랜 기간 사라지지 않고 전해져 오는 고전은 역사가 그 가치를 증명한다. 수천 년이 지난 텍스트를 지금도 읽을 수 있다는 건 그만큼 보존 가치가 있다는 방증이다. 시대를 거슬러 올라가 옛사람과 교류하는 방법을 제시한 맹자의 구절은 고전의 가치를 상기시킨다.

세상과 소통하고자 하는 열린 마음이 전제된다면 지금 닥친 문제를 해결하거나 더 나은 자신을 만드는 방법은 다양하다. 현자들은 동서고금을 막론하고 그들만의 경험과 지혜를 글로 남겼다. 용기를 북돋우기도 하고 슬픔을 위로하기도 한다. 난항을 타개할 지혜를 주기도 하고 함께 나아가자는 희망을 제시하기도 한다. 고전을 읽으면 현자와 함께 한다는 든든함이 느껴진다.

글쓰기에 필요한 마음가짐

《유시민의 글쓰기 특강》은 대학교에 갓 입학하고 고상해 보이기 위하여 들른 도서관에서 우연히 읽게 되었다. 글쓰기 개론서로 여기며 지금까지 꽤 여러 번 읽었다.

간단한 글쓰기 지침부터 독서 방법, 추천 도서 등이 자세하게 설명된 책으로, 독서와 작문이라는 취미를 만들어 준 고마운 책이다. 읽을 때마다 곱씹게 되는 구절이 있다.

'논리 글쓰기를 잘하려면 합리적으로 생각하고 떳떳하게 살아야 한다. 무엇이 내게 이로운지 생각하기에 앞서 어떻게 하는 것이 옳은지 고민해야 한다.'

논리 글쓰기라는 단서가 붙어 있지만 글쓰기 전반에 해당하는 내용이다. 평소에 어떤 생각을 하고 어떻게 살아가는지가 자연스레 글에 스며들어 있다. 평소 하지 않던 생각이 글로 잘 써지기는 만무하다.

나의 삶이 자연스레 글로 드러나기 때문에 글을 쓰기로 마음먹은 사람이라면 떳떳한 삶을 지향해야 한다. 생각, 말, 글은 아주 긴밀하게 연결되어 있다. 세상에 대한 반응으로 떠오른 내 생각이 입밖으로 튀어나오기도 하고, 튀어나온 말로도 부족하여 세상에 흔적을 남기려는 용감한 사람이 있다.

같은 공간에 있어야 말소리를 들을 수 있다. 그나마 들은 말도 즉각 우리 마음에 들어오지 않으면 공중에서 사라진다. 반면, 이시대는 저자가 과감히 결단만 내리면 시공간의 제약이 없는 곳에 얼마든지 글을 게시할 수 있다. 누구나 나의 글을 검색만 하면 볼수 있다. 이게 행운인지 불행인지는 자신이 어떤 삶을 살았느냐에 따라 결정된다.

자신의 현실과 상반되는 내용을 글로 남기는 사람은 글을 쓴 목적이 무엇인지 몰라도 글쓰기를 지속하기 어려울 것이다. 실제의 나와 글 속의 나 사이에 발생한 괴리는 모순을 낳는다. 그러므로 자신에게 떳떳하지 못한 글은 결국 힘을 잃게 된다.

글을 쓰기로 했다면 떳떳하게 살아야 한다. 당당한 나 자신을 축적한 글은 나를 나답게 만들어 주고 더욱 튼튼한 삶을 살 수 있도록 지탱하는 힘이 되어 준다.

발산의 과정, 실천적 글쓰기

처음 글을 쓰겠다고 다짐했을 때는 매일 열심히 썼다. 나의 삶과 생각을 글로 정돈하고 타인과 교류하는 풍요로운 삶을 꿈꿨다. 하지만 얼마 지나지 않아 완벽한 글을 내놓아야 한다는 압박감에 점차 글쓰기를 미루었다.

글쓰기가 익숙하지 않은 사람에게 작문은 더욱 고단한 일이다. 한 줄 쓰기도 어려운 사람이 있으며, 쓰더라도 스스로 만족하지 못해 끝내 글을 지워버리는 사람도 있다.

《논어(論語)》에는 말과 행동에 관한 이야기를 어렵지 않게 찾아볼 수 있다.

'행동은 민첩하고 말은 신중하게 한다(《論語》學而)'

'먼저 말을 실천하고 이후에 말이 따라오게 하라(《論語》爲政)'
'옛사람들은 (거의) 말하지 않았다. 행동이 말에 미치지 못하는 걸 부끄러워했기 때문이다(《論語》里仁)'

이 구절을 보면 수천 년 전이나 지금이나 말보다 행동이 어렵다는 점을 미루어 알 수 있다. 말은 누구나 쉽게 할 수 있지만, 행동은 아무나 하지 못한다. 예나 지금이나 말보다는 행동이 강조되지만, 여전히 많은 사람들이 실천을 어려워한다는 점에서 작은 위로를 받는다.

말을 넘어 행동하기 위하여 우선 몸을 옮겨야 한다. 꾸준한 운동을 다짐했다면 헬스장으로, 공부하길 다짐했다면 책상으로, 어떤 행동을 하고 싶은지 목표를 설정하고서 그 길에 나를 올려놓아야 한다.

거대한 흐름에서 우리는 떠밀리거나 의지를 갖고 나아간다. 길만 벗어나지 않는다면 목표를 향해 가고 있을 것이다. 방향을 잘 설정했다면 저마다의 속도에 따라 목표에 언젠가 도달한다. 기나긴 과정에서 지치지 않기 위해 체력 안배는 필수다. 목표를 향해 함께할 말동무가 있다면 과정은 더욱 수월하겠다. 그렇게 말보다는 행동으로, 생각보다는 글쓰기로 나아간다.

내가 하고 싶은 이야기

장소영

　작년 여름, 교사 성장 모임인 '자기경영 노트'에서 책 쓰기 캠프를 열었다. 책 출간을 목표로 글을 쓰기로 한 것이다.

　"스무 꼭지의 글을 쓸 수 있는 주제는 무엇일까?"

　"내가 하고 싶은 이야기는 무엇일까?"

　나의 답은 '부모님'이었다.

　부모님과의 관계는 아직 해결하지 못한 나의 숙제였다. 나는 엄마와 대화만 시작하면 으르렁거렸고, 밤중에 걸려 오는 아빠의 전화에 마음이 방망이질 쳤다. 아무 걱정 없는 듯 살다가도 부모님과 부딪히는 순간이 오면 가슴에 품고 있던 돌멩이가 무거운 돌덩이가 되었다. 엄마와 다투지 않고 대화하고 싶었고, 아빠가 세상에 품고 있는 속상함을 덜어드리고 싶었다.

그러던 중, 딸 셋이 돈을 보태어 부모님이 주택으로 이사하면서 변화가 시작되었다.

"아빠, 대문에 달기로 했던 우체통을 택배로 주문했어요."

일 년에 아빠에게 전화 몇 번 걸지 않던 나는 이사를 계기로 아빠와 자주 통화했다. 나중에는 이사라는 핑계가 없어도 망설이지 않고 통화 버튼을 눌렀다.

"소영아, 가지랑 오이가 주렁주렁 열렸다. 가지러 온나."

이야깃거리를 쏟아내는 텃밭 덕분에 엄마와 다툴 일은 꼭꼭 숨어버렸다. 수월해진 엄마와의 대화에 용기를 내어, 나는 그동안 엄마의 말에 유난히 발끈했던 이유를 찾고 내 마음속에 묵힌 응어리도 풀어가던 중이었다. 그래서 글쓰기 주제를 부모님으로 정했다.

하루에 한 꼭지씩 하고 싶은 이야기를 썼다. 아빠가 딸들을 위해 사 오시던 빵 이야기를 쓰다 보면 '내일은 김치를 찢어 밥숟가락 위에 얹어 주셨던 엄마 이야기를 써야지!' 하며 다음 글이 따라왔다. 글을 쓰기 전에는 이렇게 많은 이야기를 풀어낼 수 있을지 몰랐다.

한 달여 동안, 스무 꼭지 글을 쓰며 남들에게 자랑하고 싶은 이야기뿐 아니라, 세상에 숨기고 싶었던 이야기를 담아냈다. 말 그대로 기승 전 부모님 세상에서 지냈다. 그 세상에서 부모님과 나를 찬찬히 바라보았더니 정성을 들여 나를 사랑하시는 부모님과 부모님을 참 많이 사랑했기에 아파했던 내가 보였다.

"소영아, 아빠는…, 무식하다 아니가…, 공부를 못했다 아니가."

아빠는 술을 드시면 딸을 앉혀놓고 많은 이야기를 하셨다. 어린 나는 그저 조용히 아빠 이야기를 들어드렸는데, 그 이야기가 고스란히 나에게 머물러있었다. 아빠가 살아온 이야기는 몇 번이나 정독한 소설 같아서 한 문장 한 문장씩 글로 옮길 수 있었다. 소설 속 인물의 삶을 이해하듯, 나는 아빠를 이해했고 있는 그대로 받아들였다.

아빠의 삶을 연민하는 마음이 자리 잡았고, 옳고 그름만으로 판단할 수 없는 아빠의 삶을 이해했다. 그리고 아빠의 인생을 열심히 살아주신 아빠가 고마웠다.

글쓰기만으로 풀리지 않는 엄마와의 숙제는 책의 도움을 받았다. 제목부터 딱 내 심정을 표현한《나는 왜 네 말이 힘들까?》를 읽었다. 엄마의 말 한마디, 한마디를 내가 갖고 있던 편견으로 오해하여 듣고 있었다는 것을 알게 되었다. 내 뜻대로 진로를 정하지 못한 마음 속 응어리를 무기로 엄마를 공격해왔음을 알아차렸다.

아들러의《미움받을 용기》를 읽고, 교대 입학이 엄마의 선택이었다면 교사라는 진로를 유지한 것은 나의 선택이었음을 깨달았다.

《생각 수업》속 고미숙 작가님의 말대로 자신의 운명을 있는 그대로 긍정하는 운명애를 가질 때, 삶을 노예화하는 태도에서 벗어날 수 있다는 것을 배웠다.

나의 선택을 인정하고, 나의 운명을 긍정하니 엄마와의 대화가 훨씬 편안해졌다. 책을 읽으면서 엄마와 나 사이에 엉킨 실타래를 찬찬히 풀었다. 실 한 가닥 한 가닥이 글에 담겼고, 그 실로 짠 예쁜 마음이 생겨났다.

글을 쓸수록 현실 속 부모님과의 이야기도 점점 아름다워졌다. 과거의 삶이 글로 탄생했다면, 지금 쓰는 글이 삶이 될 차례였다. 스무 꼭지의 부모님 이야기를 담아낸 후, 케이크를 들고 엄마 아빠에게 갔다.

"케이크 사 왔어요!"

"케이크, 몸에 안 좋은데, 와?"

"내 생일이에요. 생일 축하해 주세요. 올해 나 몇 살이게요?"

"마흔?"

"아니, 마흔두 살!"

딸 생일이 언제인지, 딸 나이가 몇인지, 헷갈리는 부모님이시지만, 엄마는 생일 축하 노래를 크게 불러주셨다. 아빠는 박자를 놓치지 않고 손뼉을 쳐 주셨다. 나는 세상에서 가장 행복한 딸이 되었다. 이 이야기는 다시 글이 되어 스물한 번째 원고가 될 터이다.

'내가 하고 싶은 이야기는 무엇일까?'

내 질문의 답은 부모님이 맞았다. 나의 부모님 이야기를 실컷 할 수 있어 행복한 여름날이었다.

글 쓰며 나를 마주하다

어성진

자녀 교육에 관심이 많아 다양한 책을 읽고 강의를 들었다. 그러면서 공부한 것을 가정에 적용했다. 그 결과, 나름대로 행복한 가정을 만들었다. 아내는 직장을 다니지 않고, 가정을 경영하며 일을 마치고 돌아오는 가족을 따뜻하게 맞이한다.

자녀에게 어떤 것을 배우면 좋겠다는 내 생각을 내비치지 않고, 하고 싶은 것을 자유롭게 선택하도록 돕는다. 자녀 친구들과 함께 독서 모임을 만들고, 아침저녁으로 가족이 늘 함께하는 시간을 보낸다.

이제는 이런 모임을 가족만이 아니라 이웃도 함께하면 좋겠다고 생각했다. 지인 가족들과 함께 온라인 모임을 하며 자녀 교육을 주제로 강의하고, 가정의 불화를 겪는 지인 가정에 방문하여 상담했다. 주위 가정의 회복을 보며 또 다른 이웃의 가정을 도왔다.

그러면서 내 손이 닿지 않는 가정을 도울 수 있는 가장 좋은 방법은 글을 써서 책을 출판하는 일이라는 걸 깨달았다. 책을 쓰려고 유튜브로 정보를 수집하는 와중에 책을 쓰면 인세가 나오고 강의하면서 돈을 벌 수 있다는 얘기를 들었다. 그렇게 관련 영상을 계속 시청하다 보니 점점 본질과 멀어지는 나를 보게 되었다.

"어떻게 하면 돈을 더 많이 벌고 유명해질 수 있을까?"

책 쓰기는 어느새 형식이었고, 본질은 자기 과시로 변했다. 몇 개월 동안 정보를 수집하다가 결국 나는 책 쓰기는 그만하자고 결심했다. 이웃 사랑이라는 본질을 잃었기 때문이다.

다시 첫 마음을 되찾기 위하여 글쓰기는 내려놓고 1년 동안 더 가정을 사랑하려 노력했다. 그렇게 내 안에 가정을 향한 사랑이 조금씩 쌓이면서 블로그에 본질에 충실한 글을 올렸다. 타인의 눈치를 보지 않고, 내 생각, 내 마음, 내 관점을 글에 담았다.

자녀를 사랑하기 위해 고민하고, 배우고, 적용하며 깨달은 것들을 블로그에 조금씩 올렸다. 출간하려고 글을 쓰는 것이 아니라, 사랑을 전파하기 위하여 글을 구상했다. 단 한 명이라도 나의 글을 보며 자녀를 더 사랑하고, 행복한 가정을 만들어 가겠다는 작은 결심을 하는 것만으로도 감사하다는 마음으로 글을 썼다.

'자기경영 노트'라는 교사 성장 모임에도 참여했다. 부소장님께서 '책 쓰기 프로젝트'를 만드셔서 함께했다. 많은 조언을 듣고 그동안 썼던 글을 다듬어 에세이 형식으로 바꾸기로 했다. 다시 글을 다듬고 고치는데, 또 유혹이 찾아왔다. 책 속의 나를 포장하여 좋은 사람으로, 그리고 훌륭한 사람으로 만들고자 하는 마음이 일어났다.

이미 본질을 한 번 잃었기에 더는 실패를 맛보고 싶지 않았다. 글을 쓰면서 자신을 잃지 않기 위해 부단히 노력하지 않았던가. 남을 위해 글 쓰는 것과 남의 시선을 의식하는 것은 다르다. 글쓰기는 자신을 나타낼 수 있는 좋은 도구이지만, 나 자신을 포장할 수도 있다. 나쁜 것은 슬쩍 가리고 좋은 것으로 은근히 자신을 포장하려는 유혹이 늘 다가왔다.

책 쓰기는 자신과 싸움이다. 나 자신을 알아가고 찾아가는 시간이다.

돈과 명예에 대한 욕심이 생기고, 글을 쓰며 나를 더 좋은 사람으로 만들려는 마음도 일어난다. 그래서 솔직하고 겸손하게 글을 쓰려고 노력한다. 있는 모습 그대로 나의 삶을 글에 녹여내야 한다. 나의 실수와 연약한 점을 인정하고 드러냈다. 그렇게 하면 본질에 충실하고 거짓 없는 책이 나올 줄 알았다. 그런데 이런 모습에서도 교만한 마음이 스며들었다.

'겸손하다는 교만'

겸손하다는 것을 은근히 즐기며 드러내려는 나의 모습이 보였다. 겸손은 참 좋은 덕목이지만, '내가 좀 겸손하지'라고 인식하는 순간 그 힘은 약해진다. 글 속에 나의 모습 그대로를 나타내며 조금 자유로워지는가 싶었는데, 또 다른 난관이 기다리고 있었다.

제2의 암투였다.

겸손의 길은 멀고도 멀었다. 어찌 내 마음속에 교만이 불쑥불쑥 솟아 나는지 모르겠다. 겸손해지고 싶다는 나의 마음과 그런 나를 드러내고 싶은 마음이 공존했다. 그렇게 글쓰기를 통해 겸손은 무엇인가 고민하며 글을 써 내려간다.

어쩌면 자신의 교만을 인식하는 것이 겸손의 시작인지도 모른다. 겸손의 끝은 어디인지 아직 잘 모르지만, 글쓰기와 사색을 통해 끊임없이 포기하지 않고 그 길을 걸어갔으면 한다. 그래야 자신을 잃지 않고 나다운 모습을 지킬 수 있다.

오랜 기간, 나와의 암투를 끝내고《자녀를 사랑한다는 아빠의 착각》이라는 책을 발행했다.

나도 모르는 포장을 벗겨내기 위해 아내와 멘토의 피드백을 받으며 최대한 있는 모습 그대로의 내 삶을 담았다. 책을 완결한 이 모든 과정이 바로 '나'였다. 글쓰기와 책 쓰기는 나를 찾아가고 알아가는 과정이다. 힘들고 어려운 순간이 매번 찾아왔지만, 끝없는 고뇌와 자신과의 싸움을 통해 작게나마 성장하였다.

　글쓰기를 통해 내면의 나와 마주했다. 돈과 명예에 욕심이 있던 나의 모습, 겸손하게 행동하며 은근슬쩍 겸손의 미덕을 드러내려는 교만한 마음, 이런 나의 모습이 싫어 떨쳐내려고 발버둥 치는 모습. 모든 모습이 '나'였다.

　앞으로도 글을 쓰며 넘어지고 일어서는 모습을 반복하겠지만, 이를 통해 조금씩 더 성장하는 삶을 살길 원한다.

글을 쓸, 용기

손혜정

"요즘은 작가가 너무 많아. 글이 좀 가벼워지는 것 같아."

오랜만에 만난 지인과 좋아하는 작가에 관해 이야기하던 중이었다. 너도나도 글을 쓰고 책을 내는 바람에 가벼운 글이 넘친다는 말에 순간 멈칫했다.

'처음부터 잘 쓰는 사람이 어디 있나요? 그리고 글을 쓰고 싶으면 쓰는 거지 잘 쓰는 사람만 써야 하나요?'

묻고 싶었지만, 용기가 없었다.

그 용기가 없어서, 나는 주변에 글을 쓴다고 이야기하지 않는다. 단행본을 두 권 냈어도, 내가 쓴 글이 고등학교 국어 교과서에 실

려도 자랑스럽게 이야기하지 못했다. 두 권의 단행본은 공저였고, 전공 관련 청소년 교양 도서라서 글을 쓴 것 같지 않았다. 국어 교과서에 글이 실렸어도, 무슨 공모전에서 수상해 등단한 것도 아니니 글 쓰는 사람이라고 말하기 쑥스러웠다.

오늘은 그날의 대화를 곰곰이 되짚었다. 자꾸 떠오르는 걸 보면 내 안에 무언가 할 이야기가 있다는 거다. 나는 무슨 말을 하고 싶어서 그날의 대화를 곱씹는 것일까? 머리가 지끈거렸다. 생각을 멈추기 위해 노트북을 열었다.

오늘은 공저 원고 마감 날이다. 글을 써야 한다. 키보드에 손을 얹고, 모니터를 본다. 하지만 손가락이 굳어 움직이지 않는다. 하얀 바탕엔 아무것도 써질 기미가 없다. 하지만 복잡한 머릿속에는 같은 문장이 반복해서 써진다.

'나 같은 사람이 글을 써도 되나? 아니, 나는 왜 글을 쓰는 것일까?'

나에게는 완성되기까지 20년이 걸린 작품이 있다. 이 책에 실린 '선을 넘는다는 것'이 그 작품이다. 첫 원고였는데, 미루고 미루다 원고 마감일이 되어서야 시작했다. 하루 만에 써서 제출했다. 글을 쓰는 데 걸린 시간은 짧지만, 그 글을 쓰기 위한 사색의 시간은 20년이었다. 숨겨둘 수밖에 없던, 모르는 체할 수밖에 없던 깊은 상처였기에 이야기를 꺼내는 데 20년이 걸렸다. 대단한 글이 나온 건 아니지만 조금은 후련했다. 마침표가 찍혀서 좋았다.

마침표가 찍히기까지 여러 번 힘든 시간이 있었다. 그때마다 떠올린 여성이 있다. 홍승은과 아니 에르노. 두 작가 모두 자신의 삶을 소재로 삼아 글을 쓴다. 자신의 내면과 삶의 형태를 적나라하게 내보이는 바람에 논란이 많은 작가기도 하다.

에르노는 《남자의 자리》에서 가난한 노동자인 아버지의 삶을, 《한 여자》에서는 가난과 알코올 중독에 빠진 어머니의 삶을 그렸다. 《빈 옷장》은 본인의 불법 임신 중지 수술 경험, 《젊은 남자》는 30살 연하 청년과의 사랑을 소재로 삼았다.

자기 자신에게 솔직하기도 어려운데, 남들에게 속 깊은 곳까지 까발린다는 건 대단한 용기가 필요하다. 그렇기에 그런 글은 힘이 있고, 사람과 사회에 영향을 미친다. 그들이 개인적으로 느끼는 소외감과 좌절은 비슷한 처지인 사람에게는 공감을, 낯선 이들에겐 인간의 다양한 모습을 보여준다.

그래서 그녀들을 생각하며 힘내서 썼다. 가장 개인적인 이야기가 예술적인 이야기라 생각하며. 그리고 완성된 글을 내보였을 때, 오글오글 글쓰기 모임 멤버들과 지인들의 공감은 큰 해방감을 안겨주었다. 가슴 깊숙이 뭉쳐있던 미움, 원망, 슬픔, 애잔함 그리고 안쓰러움과 분노, 사랑의 덩어리가 시원하게 토해진 것 같은 기분이었다. 오랜 고통의 시간이 글과 함께 마침표를 찍었다.

그 경험 이후, 글쓰기가 더 좋아졌다.

글쓰기로 사람을 돕고 싶었다. 사람들이 자신을 구속하는 다양한 경험을 글로 풀어내면서 자유로워지기를 바랐다. 글을 쓰는 방법, 책을 출간하는 방법은 가르쳐 줄 수 없지만, 자신만의 이야기를 풀어내는 환경과 동력은 제공할 수 있었다. 그래서 용기를 냈다.

인스타그램으로 글쓰기 모임 회원을 모집한 것이다. 모집 정원은 5명. 기한 내에 5명이 모이면 시작하고, 1명이라도 부족하면 모임을 열지 않기로 했다. 모집 기한은 2주로 넉넉히 잡았다. 소수정예로 서로의 삶과 글을 진하게 나누고 싶다는 생각에서였지만, 과연 나를 믿고 모임을 신청해 줄 사람이 있을까 하는 의구심이 일었기 때문이다.

다행히 마감일을 하루 앞두고 5명의 회원이 모였다. 각자 모임을 신청한 이유는 달랐다. 하지만 독서와 글쓰기를 좋아한다는 공통점이 있었다. 그리고 마음속에 쓸 거리를 담고 있었지만, 혼자서 쓸 용기가 나지 않아 함께의 힘을 빌렸다는 점도 같았다. 우리는 3주 동안 각자 쓰고 싶은 글의 주제와 목차를 구성하고, 하나씩 글을 쓰기 시작했다. 과연 누가 먼저 첫 글을 인증할지 궁금할 즈음 하나둘 글이 올라왔다.

"대문을 부술 듯 쿵쿵거리며 욕을 해대는 사채업자들과 엄마에 대한 연민, 그리고 그 상황에서 무엇도 할 수 없는 무력감."

"아이고! 엄마가 힘들겠어, 아이들이 활력이 넘치네. 남자애들은 역시 달라."

"반복되는 과대 희망과 무기력을 경험하며 지쳐간다. 도대체 어떻게 살아야 하는 걸까?"

"임신 막달에 들어서자 줄도화돔이 자꾸만 생각났다. 왜 인간은 열 달을 품는 것도 여자가 하고, 젖도 여자만 나오는 걸까?"

"캐리어에 옷만 담아 아이들을 데리고 나왔다. 전남편의 빚을 갚느라 가진 것이 없었다."

울고 웃는다는 말이 이런 것일까? 글을 읽었을 뿐인데, 한 사람의 삶이 내게로 왔다. 실로 놀라운 경험이었다. 온라인에서 얼굴 한 번 봤을 뿐인데, 그녀들의 십수 년 친구가 되어 희로애락을 함께한 기분이었다.

오랜 세월 가슴 속에 품어 온 이야기를, 한 글자 한 문장에 오롯이 담아내기 위해 인고의 시간을 보냈을 그녀들을 생각하니 감사한 마음이 들었다. 내가 무어라고 그녀들의 삶을 쉽사리 나눠 가질 수 있는지 미안했다. 그런데 그녀들은 내게 고맙다고 한다. 덕분에 용기 내 쓰게 되었다고.

하얀 백지처럼 내 인생을 시원하게 담아낼 수 있는 그릇이 있을까? 나의 이야기를 나보다 더 잘할 수 있는 사람이 있을까? 내 생각이 옳았다. 우리는 하고 싶은 이야기가 흘러넘쳐 운명처럼 만났다. 그리고 글을 쓴다. 그 이야기가 흘러 나는 비워지고 남을 채워주는 것을 알기에 계속해서 쓰고 있다. 나 또한 그러하다.

나도 내 글을 쓰기 전까진 여기저기서 쏟아지는 개인 저서에 눈길을 주지 않았다. 글을 쓸 준비가 되지 않은 사람들이 작가라는 타이틀을 얻기 위해 쉽게 써낸 것들이라 생각했기 때문이다. 그런데 글 쓰는 처지가 되어 보니, 모든 책의 한 문장 한 문장이 다르게 느껴진다. 더 꼼꼼히 읽고 글쓴이를 상상한다. 그는 어떻게 첫 문장을 쓰게 되었는지 궁금해 행간을 읽는다. 그리고 비슷해 보이지만 같은 문장도, 같은 삶도 존재하지 않음을 깨달았다.

장강명은 《책 한번 써봅시다》에서 저자가 더 많아져야 한다며 이런 이야기를 한다. '김민섭의 《대리사회》, 허혁의 《나는 그냥 버스 기사입니다》, 장신모의 《나는 여경이 아니라 경찰관입니다》를 읽고서야 대리기사들이 어떻게 집으로 돌아가는지, 버스 기사들이 왜 그렇게 퉁명스러운지, 일선 경찰관들이 얼마나 수시로 갖은 모욕을 당하는지 알게 됐다.'라고.

나도 글 쓰는 사람, 그리고 저자가 더 많아지길 바란다. 누구나 자신의 삶을 자연스럽게 글로 쓰고, 사람 수만큼 다양한 이야기가

오글오글 씁니다

읽히는 사회가 되었으면 좋겠다. 그로 위해 누군가의 삶이 이해받고 치유되는 사회를 꿈꾼다. 그런 사회라면 글을 쓸 용기를 내지 않아도 될 것이다.

그날을 꿈꾸며 용기 내 끄적였던 글을 오랜만에 꺼내 본다.

글을 쓰고 싶다고 생각하는 건
내 안에 할 이야기가 있다는 거예요.

이야기는 흘러야 해요.
이야기가 흘러갈 때
마음도 따라 흘러가니까요.

그렇게 흘러간 마음은
다른 이의 마음을 채워준답니다.

_오글오글 글쓰기 모임을 만들기 위해 쓴 글 중

에필로그

자유를 향한 비상

　교실에서 아이들과 함께 시간을 보내고, 맡은 업무를 마무리하고서 마침내 퇴근합니다.

　직장에서 퇴근했지만, 하루의 퇴근은 아직입니다. 집에 가면 저를 기다리는 가족들이 있습니다. 그렇게 가정에서의 일을 마무리하고 나서야 진정한 퇴근을 합니다.

　시간이 흐를수록 점점 '나'보다 소임에 몸이 기웁니다. 교사로서, 배우자로서, 부모로서, 자식으로서. 다양한 역할을 마치고 나서야 마침내 거울 속 낯선 자신을 마주합니다.

　바쁜 삶을 살면서 책 읽을 시간도 부족한데, 글쓰기가 어떻게 가능하냐는 분들도 있습니다. 아마도 독서와 글쓰기를 숙제처럼 여겼기 때문이지 않을까요. 자신이 정말 좋아하고 잘하고 싶은 일이라면 시간을 내서라도 했던 경험이 분명히 있을 것입니다. 그건 숙제로 느껴지지 않습니다.

나에게 꼭맞는 문장을 만나고 글로써 내 마음을 써 내려갈 때 평범한 일상도 특별하게 다가옵니다. 자신이 좋아하는 무언가에 몰입하는 순간, 온전한 나 자신을 만날 수 있습니다. 온전한 자신을 만났던 순간의 기록을 모아 책으로 엮었습니다.

　글을 써야겠다는 마음이 생긴 이후, 직장과 일상의 평범함은 특별함으로 바뀌었고, 오롯이 나를 돌아보는 시간의 소중함을 느끼게 되었습니다. 바쁜 일상과 예기치 못한 일로 독서와 글쓰기를 잠시 외면했던 적도 있었습니다. 그런데도 책을 마주하고, 마음을 글로 토로하는 일을 그만둘 수 없었던 이유는 분명합니다. 독서와 글쓰기만이 점점 가라앉는 나를 건져 올려줄 수 있는 유일한 방법임을 알기 때문이지요.

　뭐든지 끝에 좋은 감정이 남아야 진짜로 좋은 것이라 했습니다. 인스턴트 음식을 먹거나 술을 마실 때 시작은 좋지만, 다음 날에 속이 부대끼거나 안 좋은 컨디션의 나를 만납니다. 처음은 좋을 수 있지만, 마지막은 유쾌하지 않은 경우라고 할 수 있습니다.

　반면에 처음은 귀찮고 망설여지지만, 마무리하고서 기분 좋은 때가 있습니다. 대표적으로 운동이 그렇습니다. 처음에는 정말 나가기 귀찮고, 뛰기 싫습니다. 하지만 운동하면서 땀을 내고 집으로 향하는 발걸음은 가뿐합니다. 독서와 글쓰기도 마찬가지입니다.

　우리의 몸은 정직합니다. 무엇을 넣느냐에 따라 그에 맞는 결과가 나옵니다. 나의 일상을 무엇으로 채울지 진지한 고민이 필요합니다. 독서와 글쓰기를 할 수 있는 시간이 마땅치 않고 환경이 적절하지 않다는 이유로 시작이 어려울 수 있습니다. 그러나 독서와 글쓰기는 어제보다 성장한 나를 만날 수 있는 가장 좋은 방법입니다.

무언가를 다짐하고서 사흘을 넘기지 못하는 경우를 작심삼일(作心三日)이라고 합니다. 얼마나 많은 사람이 다짐하고 포기하는 일을 반복했을까요. 꽤 많은 사람이 처음 마음먹은 대로 꾸준히 이어갈 수 없었기에 하나의 관용구로 굳어졌을 겁니다.

그만큼 무언가를 결심하고 꾸준히 이어가는 건 쉬운 일이 아닙니다. 지속할 수 있는 동력이 필요합니다. 해답은 의외로 간단할지 모릅니다.

혼자가 아닌 누군가와 함께하고, 그 과정을 기록하면 됩니다

나보다 먼저 실패한 사람들의 이야기를 듣고 내가 포기했던 이유를 깨닫습니다. 부족한 점이 무엇인지 기록하고 보완점을 찾아가고, 나와 같은 도전을 하는 사람들과 이야기를 나눕니다.

좋은 방법을 공유하고 서로 응원하고 격려합니다. 목표를 달성했으면 서로 축하해 주고, 성공의 순간을 또 기록합니다. 그렇게 공유와 기록의 힘으로 한 걸음 더 나아갑니다. 나와 비슷한 목표를 향해 달려가는 사람을 만나면 연대감이 느껴집니다. 끈끈한 연대감으로 함께 더 멀리 나아갈 수 있습니다.

살아가면서 자유를 느낄 수 있는 시간과 장소가 마땅치 않습니다. 자유롭다고 느꼈던 때가 대체 언제였는지 모르겠습니다. 잡념에서 벗어나 온갖 감각을 세워 자신과 지금을 감지하는 순간 자유를 느낄 수 있습니다.

먼저 상처받은 과거의 나를 보듬고 지금의 나를 마주하는 시간이 필요합니다. 그다음 내면의 이야기를 꺼낼 용기만 더해진다면 자유를 향한 비상을 시작할 수 있습니다.

오롯한 나를 만나고, 자유를 향하는 여정, 한 편에서 여러분과 반갑게 만나고 싶습니다.

저자 김민수

오글오글 씁니다

1판 1쇄 인쇄 | 2024년 12월 24일
1판 1쇄 발행 | 2024년 12월 30일

지은이 | 감지원 • 김민수 • 김미현 • 김진옥 • 늘품 • 손혜정
　　　　이정은 • 임진옥 • 어성진 • 윤슬 • 장소영
펴낸이 | 김경배
펴낸곳 | 시간여행
디자인 | 디자인[연:우]
등　록 | 제313-210-125호 (2010년 4월 28일)
주　소 | 경기도 고양시 덕양구 지도로 84, 5층 506호(토당동, 영빌딩)
전　화 | 070-4350-2269
이메일 | jisubala@hanmail.net

종　이 | 화인페이퍼
인　쇄 | 한영문화사

ISBN 979-11-90301-33-6 （03810）